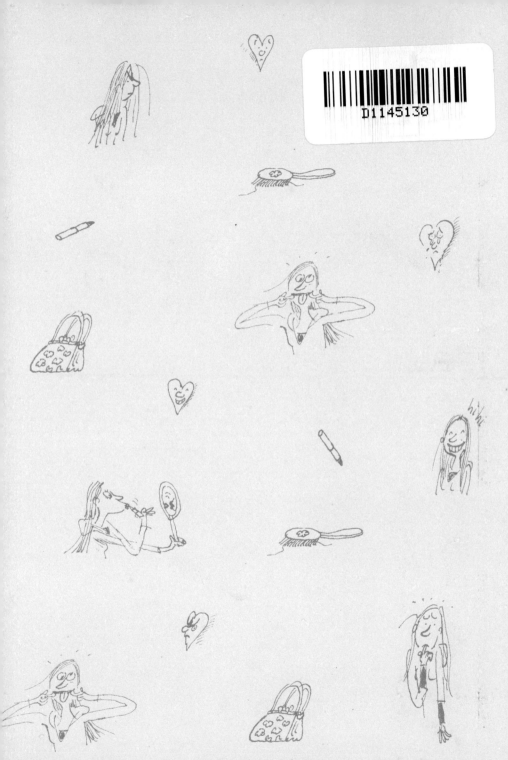

Vriendinnen voor Isa

Nanda Roep schreef ook:

Tanja's song
Tanja is verliefd
Roddels over Tanja
Tanja en de jongens
Tanja viert feest
Thomas en Taleesa; het verhaal van je leven

www.nandaroep.nl
www.leopold.nl
www.chatgirlz.nl

ch@tgrlz

Nanda Roep

Vriendinnen voor Isa

Leopold / Amsterdam

Met dank aan Silvester en Féline

NEDERLANDSE
KINDERJURY
2007

AVI 8

Copyright © Nanda Roep 2006
Omslagfoto Silvester Zwaneveld
Omslag- en binnenwerkillustraties Georgien Overwater
Omslagontwerp Petra Gerritsen
NUR 283 / ISBN 90 258 4948 2

Inhoud

De prinses en een grof beest

Isa

Met grote ogen zit Isa naar haar vriendin Sharissa te luisteren. Ze heeft zojuist geleerd dat tongzoenen als volgt gaat: je stelt je voor dat je een ijshoorntje in je mond hebt, en daar cirkel je dan met je tong omheen (brrr...).

Isa friemelt aan haar broek, en doet haar best om koeltjes te kijken. Dat zij nog nooit heeft gezoend wil toch niet zeggen dat ze meteen hysterisch giechelend achterover moet tuimelen, nu haar vriendin het wél heeft gedaan?

Toch vraagt ze zich stiekem af of het betekent dat zij nu óók moet gaan zoenen. Met wie? Met Kadir zeker, haar vriendje van de basisschool. Echt niet!

Isa zit – nee, ze *ligt* – bij Sharissa thuis op de grote, stoffen, vlekkerige bruine hoekbank. Sharissa hangt onderuit met de zapper in haar hand, en Isa ligt met haar voeten in de lucht en haar hoofd op de zitting.

Ze vindt het jammer dat ze helemaal niet weet over wie het gaat. Vroeger, op de basisschool, wist Isa *altijd* op wie Sharissa verliefd was, maar nu...

Deze Yoram schijnt ontzettend knap te zijn als je Sharissa moet geloven, en vooral heel stoer. (Sharissa is zelf trouwens óók superstoer, al noemde hun meester haar vaak ronduit grof.) Maar er is eigenlijk maar één iemand die hem objectief kan beoordelen, en dat is toevallig wel Sharissa's beste vriendin – ook wel *prinses* – Isa. Ja toch zeker, haha!

Maar ze heeft hem nog nooit gezien!

Sharissa

'Als je nou voortaan gewoon meegaat naar mijn school, dan weet ik tenminste met wie je omgaat,' zegt Isa.

Sharissa haalt afwezig haar schouders op: 'Ik ga alleen met jou om.'

Ondersteboven ligt Isa te knikken. 'Maar toch ga je nu met een jongen die ik niet ken.'

Sharissa tilt haar hoofd op. 'Ik ga niet met hem of zo hoor, ik heb alleen nog maar gezoend.' Ze zucht: 'Denk je dat hij me zal bellen?'

'Ik hoop het.' Isa krabt aan haar onderbeen en gaat verder: 'Maar ik baal dat ik hem nog nooit heb gezien. Dat komt doordat we op verschillende scholen zitten. Kom naar Het Vossen College, daar zitten leuke meiden om dingen mee te doen.'

Ze probeert Sharissa aan te kijken, ook al ligt ze ondersteboven. 'Je moet echt het hele jaar bij je moeder blijven zeuren of je er tóch heen mag, beloof je dat?'

'Het *Foxy* College...' Sharissa zapt naar een andere muziekzender.

Bij de eindtoets van groep acht was Sharissa goed genoeg voor Het Vossen College, ze scoorde hoog. Maar haar moeder kon haar niet zolang missen op een dag, zei ze. Sharissa moest naar de Voorbereidende School waar ze minder schooluren inroosteren – en bovendien minder schoolgeld vragen. Natuurlijk baalden de meiden daar stevig van, maar op zich vindt Sharissa het nu wel oké, zegt ze. Heeft ze tenminste weinig huiswerk.

Ze zegt loom: 'Op de mijne zitten tenminste leuke *jongens*.'

Isa veert op. 'Bij ons ook hoor, veel leuker dan bij jou!'

Sharissa stompt tegen Isa's schouder – 'Au!' – en zegt: 'Echt niet. Die jongen van gisteren, Yoram uit de vierde, die is echt zó.' Ze steekt twee duimen omhoog en zucht opnieuw: 'Denk je dat hij me zal bellen?'

Met een ingehouden lach kijkt Isa naar die duimen. 'Hóé is hij?'

Sharissa beseft hoe knullig ze erbij zit, met die duimen en die *zapper* tussen haar vingers. Ze grinnikt. 'Gewoon, zo.'

'Wat mag dat wel betekenen, mevrouw?'

Sharissa giechelt. 'Dat-ie helemaal top is natuurlijk.'

'O,' zegt Isa. 'Als ik een jongen leuk vind, doe ik altijd zo.' Met een brede lach steekt ze haar pink in de lucht.

'Haha, nee joh!' Opnieuw stompt Sharissa tegen Isa's arm – 'Au!' – 'Dat betekent dat-ie een kleintje heeft, haha.'

Isa komt overeind tot ze steunt op een elleboog en zegt: 'Eigenlijk zouden we een code moeten maken, een soort geheimtaal om over jongens te praten. Vind je niet? Want ik ken jouw vriendje uit de vierde niet, dus ik kan pas zeggen wat ik van hem vind als we hem tegenkomen. Snap je?'

Sharissa knikt en deint tegelijk met haar hoofd mee op de muziek bij een videoclip. 'Ik ben dol op geheime dingen.'

'Maar als we hem tegenkomen, dan kan ik niks zeggen want dan hoort-ie me.' Isa wordt enthousiast, ze draait zich helemaal om tot ze rechtop zit, en haar wangen beginnen te gloeien.

Als ze enthousiast wordt, begint ze nogal eens te ratelen en dat klinkt nu ongeveer zo: 'Dusmoetikaltijdwachtentothijwegisendatwiljenatuurlijknietwant jij vindt hem leuk, duskanjealsmaarniet wetenwatikervanvind–'

Sharissa onderbreekt haar, zoals ze vaker doet als Isa vergeet om adem te halen. 'Als je een duim omhoog doet, is hij leuk.'

Isa knikt, en realiseert zich dat een duim omhoog zo voor de hand ligt, dat het bijna geen geheimtaal te noemen is. Ze zegt: 'Maar als een jongen *jou* geen aandacht geeft, heb je er niks aan dat *hij* leuk is.'

'Noppes.'

'Dusss... als ik met mijn wijsvinger naar jou wijs, bedoel ik dat hij ook voldoende aandacht voor je heeft.'

Sharissa is tevreden. 'Duim omhoog is dat-ie leuk genoeg is, naar je wijzen betekent dat hij jou óók leuk lijkt te vinden.'

Isa kijkt naar haar hand. 'Dan komt de middelvinger...'

Sharissa steekt haar middelvinger op en roept: 'We snappen allebei wel wat hij goed moet kunnen als je deze omhoog doet, haha!'

'Ja dáhág.' Isa begint te blozen, ze kan het niet helpen. Snel kijkt ze alsof ze het gewoon niet *leuk* vindt om daarover te praten – en hoopt maar dat ze goed genoeg kan acteren, zodat Sharissa niet ziet hoe zenuwachtig ze eigenlijk op dit onderwerp reageert...

Boven de woonkamer, op de eerste verdieping van het rijtjeshuis, horen ze de tweeling rennen. Meestal betekent zulk bonkig lawaai dat ze binnenkort ruzie gaan krijgen, maar Sharissa en Isa roepen niks naar boven. Sharissa's moeder is er, die heeft de kleintjes wel in de gaten.

Sharissa legt haar arm om Isa heen. 'Oké, oké, ik zal wat minder grof zijn, teer prinsesje van me...'

Isa zucht: 'Oké, grof beest van me.' Ze schudt de arm niet van haar schouders.

'Weet je wat, als een jongen dan hééeel lekker *zoent*, krijgt-ie een dikke middelvinger, is dat een goed idee?'

Isa lacht alweer. 'Oké, als hij goed kan kussen.'

'Als hij zijn vingers door je haren friemelt. En met zijn tong zulke hééeerlijke rondjes draait om jouw zachte tongetje.'

Om te demonstreren wat ze bedoelt, kriebelt Sharissa hijgerig door Isa's blonde haren en ze steekt haar tong uit alsof ze Isa eens stevig zal kussen.

'Hou op, hihi, Sharissa.'

aan de trap opeens het schelle krijsen van Sharissa's moeder klinkt: 'Sharissa! Meehelpen!' Nu heeft ze niet de gelegenheid om haar nichtje Kyra te verdedigen – maar eigenlijk wil ze dat niet eens, want Kyra is een trut en Sharissa heeft óók gelijk over dat gedrag van haar!

In een mum van tijd staat Sharissa midden in de woonkamer, handen in haar zij – met nog altijd de afstandsbediening tussen haar vingers. 'Jíj bent de moeder, ík niet.'

'Niet zo kinderachtig!' Sharissa's moeder stampt omlaag. In de deuropening naar de woonkamer, schreeuwt ze verder: 'Ik moet verdomme naar cursus!'

Boven hoor je Davina nog altijd jammeren, en uit ervaring weet Isa dat Damian waarschijnlijk mokkend tegen zijn kast schopt.

'Ik moet gaan,' kucht Isa. 'Huiswerk maken.'

'Laat je me alleen?!' vraagt Sharissa op dezelfde toon waarmee ze tegen haar moeder praat.

'Niet alleen,' vindt Isa. 'Je bent met Damian en Davina, en nog heel eventjes met je moeder.'

Ze kan moeilijk zeggen dat ze de heftige ruzie wil vermijden, die nu volgt. Maar zo is het natuurlijk wel: Isa wordt altijd bloednerveus van het krijsen dat Sharissa, Davina en Damian tegen elkaar doen – en hun moeder schreeuwt trouwens net zo hard.

Ze vindt ook dat ze zich niet moet bemoeien met een probleem tussen Sharissa en haar moeder, maar eerlijk is eerlijk: Isa wil toch eigenlijk vooral de bloedstollende ruzies vermijden.

Sharissa laat haar schouders zakken. 'Zie ik je morgen of ga je echt met dat stomme kind mee?'

Isa knikt. 'Zo stom is ze niet.'

'Dat zeg jij.' Sharissa rent de trap op.

14 | Op de stoep voor Sharissa's huis is goed te horen hoe ze tegen de tweeling foetert. 'En nu hou je op!' klinkt het door de ramen.

Isa buigt zich over haar fiets. Ze steekt haar sleutel in het fietsslot en ziet in gedachten voor zich hoe Sharissa haar zusje in de ene hoek zet en haar broertje in de andere en schreeuwt: 'Ik wil jullie niet meer horen tot aan het avondeten.' De eerste keer dat Isa dit hoorde zaten ze in groep zeven en wist ze nog niet dat ze zich uit de voeten had moeten maken. De enige die toen aan de grond genageld stond, was Isa!

Isa kan het niet helpen dat ze glimlacht nu ze deze woorden inderdaad buiten kan horen. Het is elke keer hetzelfde.

'Zo!' zegt iemand, duidend op de boze geluiden uit het huis.

Isa komt overeind – haar fiets is van het slot – en zegt: 'Tsja.'

Pas dan ziet ze de jongen die voorbij wandelt...

Hij heeft steil haar, het zit door de war alsof hij er net doorheen gewoeld heeft. Isa voelt hoe haar buik begint te tintelen en de lach op haar gezicht steeds breder wordt. Wat – wat gebeurt er?

De jongen knikt vriendelijk naar haar. Ze kennen elkaar niet toch, nee toch?

Zijn ogen zijn blauw. Helder blauw als de zoete drinkijsjes uit de zomer. Hij knipoogt naar Isa in het voorbijgaan en zij begint niet eens te blozen. Ze heeft haar stuur met beide handen vast, maar ze voelt geen gewicht van de fiets.

Zijn rug is recht – hij is haar al voorbijgelopen... Zijn

schouders bewegen mee als hij loopt, alsof hij stiekem danst op een liedje dat in zijn hoofd zit.

Isa knippert met haar ogen. Wie is dat? In haar knieholtes begint iets te kriebelen, of nee: begint iets te *knikken*. Haar *knieën* beginnen te knikken – lieve help!

Op zijn rug heeft hij een rugzak, maar dan niet zoals het hoort met zijn armen door de armsgaten. Nee, hij heeft zijn vingers door het kleine lusje gestoken en de tas over zijn schouders geworpen.

Uit Sharissa's huis hoor je dat Sharissa tegen haar moeder schreeuwt – waarschijnlijk dat ze geen zin heeft om elke dag op de tweeling te passen. En Sharissa's moeder roept terug dat het niet anders kan.

'Anders moet jíj voortaan werken en bijscholen, dan pas ík wel op de kinderen.' Zoiets zegt Sharissa's moeder meestal. Dan houdt Sharissa gefrustreerd haar mond, want ja, wat kan ze dáár nou tegenin brengen? Ze vindt het ontzettend flauw van haar moeder, en daar is Isa het eigenlijk wel mee eens.

Tien meter verderop kijkt hij nog even om. De jongen die 'Zo!' zei. Hij glimlacht naar haar. De stoeptegels onder Isa's voeten beginnen te smelten door de hitte die uit haar schoenen gloeit. Langzaam zakt ze de grond in; het voelt zacht en warm. Ze denkt eraan om ook naar hém te lachen – maar dan wordt de deur van het huis ruw opengetrokken. Geschrokken laat Isa bijna haar fiets vallen.

'Ik moet naar cursus,' zegt Sharissa's moeder tegen niemand in het bijzonder. 'Kan ik er wat aan doen?' Ze beent haastig door de straat, op weg naar de bushalte die haar naar de avondschool brengt.

Dat was 'm, zegt Isa in zichzelf.

Dat was Orlando.

De perfecte jongen.

Ik heb hem gezien.

Ze stapt op haar fiets, de rillingen lopen over haar rug.

Deze jongen zou vast en zeker een *high five* scoren; alle vingers omhoog. Ze heeft hem gezien, maar niks gezegd. Behalve iets als 'tsja', maar daar kan je geen huwelijk van verwachten.

Ze fietst de straat uit en zucht. Pfft, ze kreeg het warm en koud tegelijk en dat was heerlijk. Hihi, hoe is het mogelijk – ze kent hem niet eens! Met een blozend gezicht zit Isa te giechelen op haar fiets.

Misschien is het door het waaien van de wind langs haar verhitte gezicht, maar langzamerhand komt ze weer bij haar positieven. En begint ze te twijfelen.

Wie zegt dat hij háár net zo knap vond als zij hém? Isa is op zich best leuk, maar niet zó leuk dat iemand spontaan verliefd op haar wordt, vindt ze zelf.

Op schoolfeestjes deden ze in groep acht bijvoorbeeld vaak een spel waarbij de jongens de meisjes moesten vragen, en dan was ze stiekem opgelucht dat ze niet als laatste overbleef. Ook al was het meestal Kadir die haar vroeg, maar dat was tenminste iemand, terwijl die arme Anna regelmatig langs de kant zat toe te kijken hoe de anderen dansten – dat is natuurlijk pas echt erg.

Isa is kennelijk nou eenmaal geen stoot voor wie jongens blindelings vallen (snik...), maar ze is wel leuk en zo hoor, niet zielig. (Niet echt zielig, niet écht! Al denkt haar zusje daar wel anders over, de kleine tuttebol.)

Wanneer is ze eigenlijk begonnen zo idioot hard te trappen? Hijgend zit ze op de fiets. In haar buik voelt ze nog steeds de zenuwachtige tinteling.

Pfft, denkt ze nu, doe effe normaal zeg!

Hoe verder ze bij de jongen en 'de-plaats-van-ontmoeting' vandaan fietst, hoe dommer ze zich voelt worden.

Hallo, ze liepen gewoon *langs* elkaar. Zoals je de hele dag langs mensen komt, kijk maar; daar loopt iemand en daar gaat een man op een fiets. Dat zegt verder toch niks?

Als Isa leek op de modellen uit *TeenGirls* was het misschien anders gegaan, of als ze zo bijdehand was als de figuren uit haar favoriete televisieserie *Teenage Drama-Queen* (TDQ).

Dan had ze hem vast iets pittigs toegebeten, iets als: 'Mmm, wat een lekker hapje ben jij.' Hihi, zoiets.

En hij zou dan hebben gezegd: 'Moet je horen wie het zegt.'

En zij: 'Mogen prinsessen soms niet praten?'

En hij: 'Wel als ze zo knap zijn als jij.'

En zij: 'Als je de draak doodt, mag je met me trouwen.'

En hij: 'O, hoorde dat beest bij jou? Ik peuter net z'n vlees tussen mijn tanden vandaan.'

En zij: 'Laat maar eens kijken of je hem goed hebt verorberd.'

Ze zou zijn gezicht vastpakken en hem zoenen. Zonder te vragen of hij het goed vond. Hij legde zijn armen om haar heen, zijn ene hand tegen haar haren en de andere onder aan haar rug, vlak boven haar ronde billen. Het zou een heerlijke, fantastische tongzoen zijn en daarna zou ze zeggen: 'Ik heb het gecheckt, alles is in orde.'

En hij zei: 'Laten we dat vieren.'

Dan gingen ze samen uit. En de dag erna weer. En wéér. Net zolang tot ze gingen trouwen. En nog lang en gelukkig zouden samenleven.

Maar ja, in plaats daarvan wandelde Orlando dus langs een gewoon, simpel, ordinair meisje met haar haren in de war van het ondersteboven op de bank liggen. Ze friemelde haar oude fiets van het slot en stond ook nog eens met haar mond vol tanden. Indrukwekkend...

Liefs van je trouwe vriendin!

De volgende dag is Isa's wekker al gegaan, maar ze ligt nog lekker in bed te *snoozen*. In haar oude-mannen-pyjama met hartjes erop. Ze wil nog even blijven lummelen, nog ééé-ventjes.

Ze maakt zich vrolijk met denken aan Orlando, de super-minnaar, ze heeft inmiddels besloten dat het best mag. (Ja toch, als ze hem niet in het echt kan krijgen, dan toch zeker in haar dromen, haha!)

Zojuist heeft hij bijvoorbeeld ontbijt op bed gebracht en is naast haar komen liggen. Hij kriebelt over haar arm en door haar lange haren. Jaja, Isa ligt als een prinses met een brede lach in bed!

Dan worden haar gedachten onderbroken door het zachte geluid uit haar computer: 'Tink'.

Isa veert overeind; Sharissa is eindelijk wakker!

Ze stapt uit bed en opent haar inbox.

Van: Sharissaisdemooiste@tekstnet.nl
Aan: Isarules@familieJonas.nl
Onderwerp: Help Isa de dag door

Goeiemorgen Ikkr ding!

Heb je fn geslapen? Niet teveel liggen kwijlen ovr OrlandOOOooo?
Als je je spijkerbrk aantrkt, moet je dat groene shirt met die lichtblauwe glittrvlinder erop doen.
En als je vanmiddag op die suff boerderij mooi zit te wezen, besef dan dat je zondr mij nrgens zou zijn!

Kuz Shriz

Oei, Sharissa zou eens moeten weten dat Isa gisteren de *echte* Orlando heeft gezien! Maar dat vertelt ze mooi niet. Sharissa kan gemeen pesten (en denkt dan dat ze grappig is), en ze houdt het zo afschuwelijk lang vol. Nee hoor, Sharissa hoeft niet te weten dat Isa onverwacht aan de grond genageld stond.

Stel je voor dat ze hem eens samen zouden tegenkomen. Zou ze ein-de-lijk deze leuke jongen weer eens zien. (Waar zou dat moeten zijn? Waar? Wist ze het maar...) Dan begon Sharissa natuurlijk meteen te roepen hoe leuk Isa hem vond, maar dan in Sharissa-taal. Die gaat zo: 'Isa droomt *elke* nacht van je!' Of, als ze ergens zijn waar Sharissa stoer wil doen: 'Isa geilt op jou!'

Ai...

In haar pyjama zit Isa hoofdschuddend achter haar oude computer. Ze lacht om de mail van Sharissa, die gek. Natuurlijk zou ze zonder Sharissa nergens zijn, dat weten ze allebei!

Haar spijkerbroek hangt over de stoel waar ze op zit, die kan ze snel aantrekken. Maar waar is haar vlindershirt? In haar kledingkast liggen alleen nog wat oude uitgelubberde onderbroeken. Ook dat nog; ze hebben vandaag gym, dus ze moet echt een beetje normaal ondergoed aan. Shit, waarom heeft ze niet gewoon even opgeruimd toen haar moeder dat vroeg!

Haastig struint ze gebukt door haar kamer. Vieze sokken, een vest, haar rokje... ze gooit alles aan de kant. Ah, daar is het, maar – o fok – er zit een vlek in. Helemaal vergeten dat Nienke afgelopen weekend dacht dat ze grappig was toen ze een lepel vla over tafel op Isa afvuurde. Ze zat helemaal onder en was wóést! Gelukkig vonden Selma en Erik, hun ouders, het ook geen leuke grap en moest Nienke van tafel.

Waarom, *waarom* heeft ze het vieze shirt niet meteen in de was gedaan?!

In de berg kleren heeft ze wel de ronde borstel gevonden die ze al een tijdje zocht. Haar haren borstelend, loopt ze terug naar de computer. Inmiddels begint haar maag te knorren.

Van: Isarules@familieJonas.nl
Aan: Sharissaisdemooiste@tekstnet.nl
Onderwerp: Zonder jou...

Lieve Sh@ris,

Je bent mijn Gr0te HeldIn, zonder jou zou ik NERGENS zijn, d@t weet je! Mijn glIttervlInder zit in de w@s, zal ik mijn k0eienshIrt dragen? Lekker toep@sselijk! ;-)

DIkke 0chtendz0en van mij!

Isa is allang blij dat er één meisje in de brugklas zit, Fleur, dat vandaag huiswerk met haar wil maken. Dat is echt iets wat TienerMeiden samen doen, vindt ze: huiswerk, en dan lekker kletsen natuurlijk. Ze had niet gedacht dat ze zo iemand snel zou vinden, toen duidelijk werd dat Sharissa van haar moeder naar de Voorbereidende School moest, die dichterbij hun huis is.

Fleur

Terwijl ze wacht op Sharissa's reactie, rent Isa gauw naar beneden om een boterham met hagelslag te maken. Nu kan ze niet horen of er een berichtje binnenkomt, dus stuift ze met haar ontbijt in haar hand snel weer naar boven.

Ze maakt een staart in haar haren terwijl ze het mailtje leest.

Van: Sharissaisdemooiste@tekstnet.nl
Aan: Isarules@familieJonas.nl
Onderwerp: Koeinkind

Doe jij je koeinshrt maar aan naar dat koeinkind, maar dan lievr met je zeeblauwe broek. Ik ben nog steeds beledigd dat je niet met míj meegaat naar de verjaardag van mijn tante (blèrgh) dat begrijp je wel, hè? Sta ik er weer ns alleen voor, geeft nix, benk wel gewend!

Shriz moet nu haasten...

Haha, denkt Isa, Sharissa staat er *nooit* alleen voor, die is altijd omringd door anderen, alleen al omdat ze zo'n grote familie heeft! Als Isa bij Sharissa komt, zijn er altijd wel mensen bij haar. Damian en Davina, of neefjes en nichtjes, of tantes en een enkele oom.

Isa heeft zelf ook een nichtje, Kyra, maar die komt bijna nooit meer langs sinds ze een puber is geworden en een rotkind. Ja, dat klinkt pissig en eerlijk gezegd is Isa dat ook. Ze denkt het liefst zo min mogelijk aan haar.

Isa's vader heeft trouwens óók een hekel aan Kyra's vader omdat die altijd zo benadrukt dat hij wél rijk is geworden, terwijl Isa's vader geen cent meer heeft sinds die Grote Ruzie waarbij hij zijn baan kwijtraakte, vorig jaar. Alleen Isa's moeder en die van Kyra kunnen het ongelooflijk goed vinden, maar zij zijn dan ook zusjes.

In ieder geval: van familie moet Isa het niet hebben, als het gaat om vriendschap. De jaren op de basisschool zouden er voor Isa totaal anders hebben uitgezien zonder Sharissa, heel eenzaam. Ze deden alles samen en het maakte niet uit wat – meestal de klusjes die Sharissa van haar moeder moest doen.

Isa is niet iemand die meteen het middelpunt van de aandacht zoekt, zoals Sharissa of bijvoorbeeld Kyra doen. Gewoon een simpel gesprekje lukt natuurlijk wel, ze is niet helemáál achterlijk (al zegt haar zusje van wel... de kleine opdonder), maar het is nou eenmaal moeilijk om échte vriendinnen te maken. Ja toch zeker?

Om bijvoorbeeld te vertellen van het geldgebrek dat ze thuis hebben, of om op te biechten hoe ontzettend bang ze kan zijn voor inbrekers – om maar iets raars te noemen. Gewoon, iemand te vinden met wie je geheimen deelt, en met wie je altijd samen belangrijke dingen doet, zo'n persoon vind je toch niet snel. Daarom was ze dubbel blij toen Fleur haar vroeg. Wie weet wordt het wat...

Bij sommige lessen zitten ze naast elkaar. Een beetje toevallig is dat gekomen, omdat ze op de eerste schooldag allebei rustig afwachtten (eerlijk gezegd stond Isa aan de grond genageld en maalde het door haar hoofd: ziejeweldatniemandnaastmij wilzitten, zevindenmeallemaalstom, ziejeweldatniemand naastmijwil...) terwijl hun klasgenoten schreeuwend om tafels vochten en die dan vrij hielden voor hun vrienden. Goddank bleef er iemand over, Fleurtje, waar Isa naast kon.

Van: Isarules@familieJonas.nl
Aan: Sharissaisdemooiste@tekstnet.nl
Onderwerp: Zonder jou...

D@nkjewel Shriz, het wordt zeeblauw met koeienshirt vandaag! Ik zal speci@@l voor j0u vanmiddag vreselijk balen bij dat 'wlcht', oké? Het wordt vast nog st0mmer dan de verja@rdag, want Flo0r is een 0ngel00flijke nerd, dat weet je toch. Maar als de repetltieweek eraan komt, ben ik bereid met de vij@nd te heulen. Je kent me, hah@!

Llefs van je tr0uwe vriendln!

Isa lacht om haar tekst, drukt op 'Send' en hoopt maar dat Sharissa haar mailtje nog even ziet voor ze de deur uitgaat.

Ze trekt haar spijkerbroek uit, de zeeblauwe broek aan en loopt naar de badkamer om zich te wassen en haar tanden te poetsen.

Eigenlijk zouden ze sneller moeten communiceren, vindt ze, zodat er geen tijd verloren ging aan wachten op de mail.

Het zou ideaal zijn als ze kon zien of Sharissa nog achter de computer zit, of dat ze hem misschien al heeft uitgezet.

Wat dat betreft moet Sharissa zich eigenlijk óók eens aanmelden op msn, maar ze wil dat niet omdat dan iedereen je adres wil – dat zegt ze – en dan moet je gaan schrijven met kinderen die je wel hebt toegevoegd, maar waar je misschien helemaal geen zin in hebt. Sharissa wil gewoon kunnen inloggen met Isa, saampjes, terwijl er verder niemand kan weten dat ze online zijn. Gewoon, dat het hun geheim is.

Maar ja, zoiets bestaat niet, want als kinderen op school weten dat je een msn-adres hebt, willen ze dat natuurlijk hebben. Dan is het wel superbot om het niet te geven. Daarom weigert Sharissa gewoon maar een adres aan te maken. Zodat ze eerlijk kan zeggen dat ze niet aan msn doet, en toch kan verzwijgen dat ze niemand haar adres wil geven. Eigenlijk slaat het nergens op, maar Isa laat het er maar bij.

Ze loopt de slaapkamer van haar ouders binnen en drukt een kus op haar moeders voorhoofd.

'Is het alweer zo laat?' kreunt mama Selma.

Isa glimlacht en knikt.

Haar moeder geeft haar vader een por: 'Erik, Isa gaat.'

'Dag schat,' zucht hij terwijl hij probeert zijn ogen te openen, 'veel plezier vandaag.'

Als ze de slaapkamerdeur weer dichttrekt, hoort ze Selma met ochtendstem zeggen: 'Jij moet eruit, je moet Nienke naar school brengen.'

En papa kreunt: 'Hm? O ja, hrrghhh...'

Volgens mij is hij verliefd

Vanmorgen leek het nog heel normaal dat Isa met Fleur zou meefietsen na schooltijd. Maar nu ze onderweg zijn, voelt Isa hoe ze toch steeds nerveuzer wordt. Wat moet ze zeggen, wat kán ze zeggen, wat wil Fleur dat ze zegt?

Fleur sjeest keihard naar huis, Isa moet moeite doen om haar bij te houden. Maar daar zegt ze natuurlijk niks over. Nee, ze doet alsof ze de razende fietsvaart normaal vindt, al begint ze toch lichtjes te hijgen.

'Ga ik te hard?' vraagt Fleur.

En Isa wil zeggen, nee roepen: 'Ja, ja, laten we zachter fietsen, ik vraag je, ik smeek je!' Maar in plaats daarvan hoort ze zichzelf beleefd antwoorden: 'Nee hoor.'

Shit! Waarom doet ze dat toch altijd?

Als Sharissa erbij was, zou die het zeker aan haar zien. Zij zou zeggen: 'Wat zit jij te hijgen, mens, je lijkt wel een paard!'

Isa zou ervan balen dat ze kennelijk weer eens oncharmant was, maar ook lachen omdat ze eindelijk hardop kon klagen! Met Sharissa samen zou ze erom lachen. En het belangrijkste: ze zouden wat langzamer gaan fietsen.

Isa weet niet of Fleur haar misschien ook oncharmant vindt.

Fleur zegt in ieder geval niks van haar gehijg. Of zou ze dat niet durven? Zou ze bang zijn Isa te kwetsen, en daarom liever niet vragen of ze misschien wat minder lawaaiig wil ploeteren op die fiets? Het is in ieder geval wel duidelijk dat Isa nodig wat aan sport moet gaan doen.

'Hier woon ik,' zegt Fleur eindelijk. Ze scheurt van een dijkje omlaag, een grindpad op.

Fleurtjes huis is een oude boerderij, heel romantisch en groot. Omdat Isa boven aan de dijk blijft twijfelen of ze zich ook omlaag durft te storten, kan ze goed zien hoe enorm het land achter de boerderij is – wel twee weilanden vol dieren ziet ze, echt veel!

'Kom nou.' Fleur springt van haar rijdende fiets en loopt direct naar binnen. Ze kijkt niet eens om hoe haar Batavus in het grind vaart mindert en uiteindelijk omkukelt. Oei, dat zag er wel retecool uit van Fleur.

Misschien moet Isa ook zoiets proberen? In gedachten ziet ze voor zich hoe dat eruit zou zien: fiets laten roetsjen, onderuit vallen en eh... op je gezicht omlaag glijden dus. Nee, bedenkt ze, dit moest ze maar niet proberen.

Daarom loopt Isa netjes naar beneden, met de fiets aan haar hand. Ze zoekt naar een plekje om hem tegenaan te zetten en probeert diep adem te halen zodat het hijgerige een beetje weggaat. Ze pakt haar schooltas onder de snelbinders vandaan en loopt dan naar de achterdeur.

Binnen moet ze eerst door een koud halletje waar klompen en regenlaarzen staan. Hier hangen blauwe regenjassen en smerige overalls, maar niet de legergroene jas van Fleur. Dit is blijkbaar de boerderij-kapstok, bedoeld voor vieze kleren na hard werken op het land.

Isa ademt hoorbaar uit. Ze ziet een deur – zo'n gewone met een simpele handgreep, die niet op slot kan. Daar is Fleur net waarschijnlijk doorheen gegaan en Isa wilde maar dat ze even op haar had gewacht!

Nou ja, zegt ze tegen zichzelf, je kan moeilijk de hele middag hier blijven staan...

Langzaam opent ze de deur, en kijkt in een grote keuken. Fleur staat er net een boterham van een bord af te pakken. Isa is opgelucht dat ze Fleur weer ziet, maar schrikt als ze merkt dat hier nog meer mensen zijn, die ze niet kent – en waarvan ze niet weet hoe ze ertegen moet doen.

'Hé!' roept de jongen die het broodje heeft gesmeerd.

'Dit is mijn broer,' zegt Fleur met een brede glimlach. Isa kucht en stapt de keuken in. 'Maar daar moet je niet op letten want die spoort niet.'

Tijn geeft zijn zusje een schop tegen haar kont (zij springt gillend weg) en begint een nieuwe boterham te smeren.

'Wil jij ook?' vraagt hij.

Geschrokken schudt Isa snel van 'nee', maar ze kan niet verhinderen dat haar wangen al kleuren. Ze wist wel dat Fleur een broer had, maar ze had er niet bij stilgestaan dat die wel eens thuis kon zijn. Ze stapt de keuken in en sluit de deur achter zich.

Tijn doet de koelkast open en schenkt cola in voor zichzelf en zijn vriend.

'Laat je haar gewoon jouw brood opeten?!' vraagt die vriend.

Delano

'Dit is Delano,' zegt Fleur met volle mond. 'Daar moet je al helemáál niet op letten.'

Isa kijkt haar ogen uit. Is dit Fleur? Hetzelfde meisje dat op school de hele tijd oplet en alles van het bord overschrijft? Tijdens de pauzes checkt ze naar welk lokaal ze straks moeten zodat ze niet te laat zullen komen. Ze wil niet dat Isa iets zegt tijdens de les – al was het alleen maar iets doms als 'poep' – omdat ze bang is dat de leraar het ziet. Natuurlijk vond Isa haar steeds al aardig, dat wel, maar Fleur was ook een beetje... ja, toch óók wat suffig. Is dit hetzelfde meisje, dat hier nu alles regelt in de keuken?

'Snack?' vraagt Tijn aan Delano.

'Ik krijg lekker een snáháck,' zingt Delano pesterig tegen Fleur. Zij haalt haar schouders op en pakt óók een minimars uit de zak – en gooit er een naar Isa.

Ohelpohelp, gaan de gedachten van Isa in paniek, maar ondanks haar stress vangt ze het chocolaatje goed op.

Pfft...

Tijns blonde haren staan in het midden slordig omhoog, langs de zijkanten van zijn hoofd is het korter geschoren. Door zijn wenkbrauw heeft hij een piercing, een staafje. Hij scheurt een minimars open en steekt die in één keer in z'n mond.

Bruine ogen heeft hij, maar heel rode lippen en als hij lacht, zie je zijn kaarsrechte witte tanden.

Er is iets met die tanden. Isa weet niet precies wat, maar als Tijn lacht – en dat heeft hij nu al twee keer gedaan – dan moet ze vanzelf meelachen.

Niet dat ze vlinders voelt zoals bij Orlando, dat niet – gelukkig maar, dat moest er óók nog eens bijkomen! (Nu ze aan Orlando denkt, voelt ze plotseling weer die tinteling in haar buik – snel denkt ze aan iets anders...)

Soms wilde Isa graag dat zij een grotere broer had. Eentje die zijn vrienden mee naar huis nam, om grapjes mee te maken. Zodat ze jongens niet steeds zo stom zat aan te gapen, omdat ze al gewend was aan hun 'soort'.

Fleur ploft met boterham en al achter de computer die op de keukentafel staat. Ze is ergens mee bezig, Isa begrijpt het niet helemaal, het heeft met programmeren te maken.

Delano pakt een stoel en schuift bij haar aan. 'Heb je al contact gemaakt?' vraagt hij.

Fleur schudt haar hoofd. Ze drukt op nieuwe combinaties van toetsen.

Delano kijkt haar aan, heel lang. Zo lang dat Isa ervan moet blozen, maar Fleur geeft geen kik. Die wacht gespannen af wat er op haar beeldscherm zal verschijnen.

Dan zucht ze. 'Weer niet.'

'Wacht eens,' zegt Delano. 'Misschien als je het zo probeert. Mag ik?'

Fleur knikt en Delano zet zijn handen aan het toetsenbord. Alleen zit hij niet gewoon *naast* haar, maar half *achter* haar. Hij legt zijn arm *om* Fleurtje *heen*!

Isa hoopt maar dat haar rode wangen niet al te veel opvallen.

'Ik dacht, als je nou...' Delano begint te toetsen, een code met niet alleen letters en cijfers, maar ook allerlei streepjes en andere figuurtjes. 'Tijn, wil jij het boven eens proberen?'

Tijn knikt en gaat de trap op.

'Wat zijn jullie aan het doen?' vraagt Isa.

'Ik probeer...' zegt Fleur geconcentreerd '...een chatplaats te openen.'

Delano knikt. Hij zit zo dicht tegen Fleur aan, dat die zijn warmte moet kunnen voelen en zijn geur opsnuiven. Als Fleur haar hoofd ontspannen liet hangen, zou ze in Delano's armen liggen. Hij zegt: 'Zonder msn of outlook express te gebruiken.'

Fleur vult hem aan: 'Dan kan je chatten zonder dat iemand weet dat je online bent.'

Ze wachten.

'Tijn en Delano helpen me er soms bij,' zegt Fleur nog.

Delano knikt. 'Maar Fleur is ons programmeer-beertje.' Hij knijpt even in haar zij en Fleur glimlacht. 'Zij heeft het bedacht,' zegt Delano.

Hun blikken rusten op het scherm, en inmiddels heeft Delano zijn hand op de schouder van Fleur gelegd. Isa krijgt het er warm van.

'Gebeurt er iets?' horen ze de stem van Tijn door het plafond brullen.

Fleur schreeuwt keihard terug: 'Nééhee, kom maar terúhug!'

Geschrokken kijkt Isa haar aan. Is Fleur niet bang dat Delano dat gebrul te lomp zal vinden? Jongens houden toch niet van lawaaiige meisjes? Dat zei Kyra altijd. Het is toch duidelijk dat Delano een oogje heeft op Fleur, dat moet ze niet verpesten!

'Jammer,' zegt Tijn als hij beneden komt. Fleur pakt regenlaarzen uit het halletje en begint die aan te trekken. 'Die zijn voor jou,' zegt ze tegen Isa, met een knik naar een paar legergroene boerenlaarzen.

'Zullen we naar boven?' vraagt Tijn aan Delano.

Die knikt en loopt met grote passen de trap op, achter Tijn aan.

'Niet alle mars opeten!' roept Fleur omhoog.

Isa kijkt haar aan. Met een glans in haar ogen en een grijns om haar mond.

'Wat is er?' vraagt Fleur.

Isa fluistert: 'Die Delano...'

'Wat is daarmee?'

'Volgens mij is die verliefd op jou.'

'Op mij? Welnee.' Fleur staat op. 'Doe even je laarzen aan. Dan gaan we eerst de dieren voeren en daarna huiswerk maken.'

Van schrik tuimelt Isa een paar passen achterover. De dieren voeren? Laarzen aan? Maar ze zouden toch cola drinken, chips eten en kletsen zoals alle TienerMeiden doen?!

Zo dapper is Isa niet

Isa wandelt naast Fleur naar de weilanden achter het huis, en kijkt haar ogen uit. Na een terras van stoeptegels, komen ze bij de hekken naar het land. Er staat een hokje naast het houten hek, met een bord erboven:

> Kassa
> Entree: 2 euro

Op de grasvelden van Fleur leven wel beesten, maar geen koeien of schapen zoals je van een boerderij zou verwachten. Nee, het zijn konijnen, cavia's en er lopen lammetjes en geitjes...

'Is het een kinderboerderij?' vraagt Isa.

'Leuk hè?' Fleur klapt in haar handen. 'Mijn moeder heeft de koeien verkocht en dit staat er nu sinds een paar weken.'

Isa knikt. 'Wauw.'

'Op woensdag, vrijdag en in het weekend zijn we voortaan geopend. Kinderen mogen de dieren aaien en ze ook voeren.' Fleur loopt naar de oude stallen. 'Hier komt volgend jaar een overdekte speeltuin, maar nu bewaren we er het voer voor de dieren.'

Fleur lijkt zich helemaal niet onzeker te voelen in haar oncharmante donkerblauwe overall en lompe regenlaarzen. (Die laarzen heb je tegenwoordig in allerlei leuke kleurtjes, maar Fleur heeft de ouderwetse boeren-exemplaren.) Goddank vroeg ze Isa niet om óók een overall aan te trekken, dan had ze zich helemaal geen raad geweten met zichzelf.

Nu, in haar zeeblauwe broek en haar koeienshirt, gaat het wel. De laarzen zijn een beetje te groot, maar ze kan er toch redelijk op lopen en is in ieder geval nog niet gestruikeld of zo.

'Het stikt hier van de muizen,' zegt Fleur. 'Dat vind je toch niet erg?'

Isa schudt nee. Voor muizen is ze nou eenmaal niet bang, ze begrijpt niet waar het idee vandaan komt dat alle meisjes bang zouden zijn voor muizen.

Waar ze wél last van heeft, is de bedompte lucht in de loods. Het lijkt wel alsof ze zaagsel inademt. Iemand zou hier eens een raam open moeten zetten, of er eindelijk eens een raam in moeten *bouwen* – allemachtig.

Fleur pakt twee emmers en loopt naar een stapel plastic zakken in de hoek. Op de grond ligt een relatief klein hoopje modder dat Fleur niet heeft gezien, maar dat grote gevolgen krijgt. Fleur stapt erop en glijdt onderuit – 'Whaaa!!!'

Ze glijdt niet zomaar, nee, ze *zoeft* een pittig eind door, het lijkt wel alsof ze op een ijsbaan terecht is gekomen! Ze zwaait met haar armen alsof het draaiende molenwieken zijn in een plotselinge storm. De emmers bonken eerst nog heen en weer in haar handen, maar al gauw laat Fleur ze los.

'Voorzichtig,' roept Isa. Alsof zo'n woord nog verschil maakt...

De grijze emmers vliegen door de lucht en – boem – eentje knalt tegen de schuurdeur. De andere valt boven op de stapel plastic zakken.

Fleur krijst het uit: 'Nee!' Als een heks gilt ze het, met net zo'n schelle stem. Ze probeert ervoor te zorgen dat de zakken vol dierenvoer niet verschuiven – tenslotte zijn die opengesneden zodat je er in één keer een hele emmer uit kan scheppen. Dus stort Fleur zich op de stapel, valt op haar knie en schaaft haar schenen. Ze schreeuwt: 'Au! Kut!'

Dan beginnen de eerste brokjes omlaag te rollen...

Isa ziet een paar muizen langs de plinten van de schuur wegschieten bij zoveel kabaal.

Het duurt niet lang voordat Fleur jammerend haar handen om haar benen legt, terwijl ze bedolven wordt onder bergen dierenkorrels. Ze rollen over haar schouders, door haar haren, in haar nek, en via haar armen in haar schoot. 'Shit!' gilt Fleur. 'Shit!' Tranen rollen over haar wangen, ze kan zich niet bedwingen. Geschrokken rent Isa naar haar toe en gaat naast haar zitten om de benen te bekijken.

'Doet het zo'n pijn?' vraagt ze. 'Kan ik iets doen?'

'Ja,' kermt Fleur. 'Ga nu gauw weg!'

Verbaasd kijkt Isa op. Hoort ze het goed?

'Snel,' herhaalt Fleur. 'Je moet weggaan.'

'Hoezo?' Isa vergeet met haar ogen te knipperen. 'Moet ik een verbandje halen of zo, pleisters?'

'Nééhee.' Fleur raakt geïrriteerd. 'Je moet weg, naar huis, ga weg!'

Drie brokjes konijnenvoer verpulveren luidruchtig onder Isa's laars als ze overeind komt. Fleur blijft op de grond zitten, met een gezicht dat van pijn is vertrokken.

Isa zegt: 'Doe niet zo raar.'

Nu is het de beurt aan Fleur om verbaasd op te kijken.

Isa gaat verder: 'Ik zal nu gaan, maar alleen om een pleister voor je te halen en ontsmettingsmiddel. Dan kom ik weer terug.' Ze draait zich om en loopt weg voordat Fleur er iets tegenin kan brengen.

De achterdeur van de boerderij is niet ver weg. Isa is er zo. Ze houdt de laarzen aan als ze de keuken instapt. Hopelijk zijn Tijn en Delano beneden, denkt ze, anders moet ze nog het hele huis doorzoeken om ze te vinden – maar tot haar schrik zit Fleurs moeder aan de tafel, óók in een overall.

'O!' roept Isa eerst geschrokken. En dan, zachtjes: 'Hallo, sorry, maar Fleur is gevallen.'

Meteen komt de vrouw overeind. 'Is het erg? Waar is het gebeurd? Heeft ze pijn?'

'Een beetje. Heeft u misschien pleisters en ontsmettingsmiddel?'

'Ik kom met je mee.' De stoel van Fleurs moeder valt bijna om als ze gaat staan. 'Ben jij Isa? Het meisje dat naast Fleur zit in de klas?'

Isa knikt.

'En jij mag haar helpen?' vraagt ze.

Isa knikt weer; ze is verrast door de verbazing op het gezicht van de vrouw.

'Dat is me wat, dat is me wat,' mompelt de moeder terwijl ze pleisters pakt. Even kijkt ze Isa aan en dan zegt ze met een verontschuldigende glimlach: 'Fleurtje houdt ervan als alles perfect verloopt, dus dit zal ze een gruwel vinden.'

Isa glimlacht. Vandaar. Ze besluit te zeggen: 'Eigenlijk wilde ze dat ik wegging.'

'En je bent gebleven? Dat is moedig van je, kind. Andere kinderen deden dat niet, daarom is Fleurtje altijd zo alleen geweest.'

Samen lopen ze naar buiten, naar de loods. Isa denkt: Het was helemaal niet moedig, zo dapper ben ik niet. Het was gewoon... *gewoon.*

Fleur doet niet meer boos als haar moeder helpt de bloedende scheenbenen te ontsmetten, en Isa de pleisters knipt.

Zweer dat je het geheim houdt

Eindelijk lopen Fleur en Isa nu over de kinderboerderij. Fleur draagt een emmer vol granen voor de beesten. Ze doet gelukkig weer normaal, ze heeft niet gevraagd waarom Isa niet is vertrokken en ook niet uitgelegd waarom ze dat wilde. Isa heeft er maar niet naar gevraagd. Ze is allang blij dat het weer gezellig is. Verderop is de moeder van Fleur bezig eieren van de kippen te rapen.

Ze lopen over een zanderig weggetje dat door de hele boerderij kronkelt. Zo kom je langs alle dieren.

Op twee plaatsen staan enorme kauwgomballenautomaten. Van die dingen die je wel eens bij winkels of snackbars ziet staan. Aan de ene kant passen ze hier helemaal niet, maar aan de andere kant ziet het er daardoor juist grappig uit. Misschien ook omdat er geen kleurige kauwgomballen in zitten, maar iets anders; korte donkere staafjes zijn het.

'Moet je opletten,' zegt Fleur. Ze draait aan een kauwgomballenautomaat. 'Er komt dierenvoer uit in plaats van kauwgom.'

Meteen komen een paar geitjes enthousiast op haar af.

'Jij ook,' zegt Fleur. 'Hou je hand er maar onder.'

Fleur heeft zelf bedacht dat je deze automaat voor dierenvoer kunt gebruiken, het is supergoed gelukt. Ze doet er nog een muntje in en draait aan de knop. Een handjevol voer valt in Isa's hand.

'Het is bix,' knikt Fleur. 'Geef ze maar, hoor.'

Isa laat de geitjes uit haar handen eten. 'Het kietelt,' lacht ze.

Fleur strooit met een handig gebaar zoveel mogelijk granen in het rond.

Isa hurkt bij de konijnenhokken en steekt wat voer door de spijlen van de deurtjes. 'Ben jij altijd veel alleen geweest?' vraagt Isa. 'Dat zei je moeder.'

Fleur haalt haar schouders op. 'Toen mijn vader wegging wel, ja.' Ze strooit een nieuwe handvol graan in de richting van de kippen en de eenden. 'Maar nu weet ik dat hij gewoon een eikel is.'

Isa verslikt zich omdat het onverwachte nieuws rauw op haar dak valt, maar ze hoest niet. Nee, ze schraapt haar keel en kucht alleen maar kort.

'Of bedoel je dat ik geen vriendinnen heb?' Fleurtje kijkt haar onverschillig aan en Isa knikt dankbaar.

'Ik ging naar Het Wespennest, hier in de straat.'

'Ken ik niet.'

'Een superkleine dorpsschool. Omdat we zo aan de rand van de stad zitten.' Fleur gaat zitten in het gras. 'Ik vond iedereen wel aardig, maar niet écht leuk.'

Ze pakt een konijn uit zijn hok en zet 'm op haar schoot.

'Geeft niks,' gaat ze verder. 'Daardoor had ik alle tijd om mijn briljante ideeën uit te voeren!' Ze lacht en wijst naar het slot van het hok, dat uit houten konijnenpootjes bestaat die in elkaar haken.

Isa mag ook een konijn pakken, en dat doet ze.

'Ik zou niet weten wat ik zonder Sharissa moest,' zegt Isa met het beestje op schoot. Hij snuffelt aan haar vingers en aan haar vest. Isa giechelt omdat het kietelt, maar ook omdat ze het zo leuk vindt met een konijntje op schoot.

'Dat is Snuffie,' zegt Fleur.

'Hé Snuffie.' Isa kriebelt achter zijn oren. Tegen Fleur zegt ze: 'Ik moet er niet aan denken dat ik geen beste vriendin had op de basisschool.'

Nu ze met haar zeeblauwe broek in het morsige weiland zit, snapt Isa ineens waarom een overall hier misschien weleens handig is.

'Zónder vriendin lukt het ook wel hoor,' zegt Fleur, 'maar het is waarschijnlijk gezelliger mét iemand.'

Dan verzinkt ze in gepeins.

Isa weet niks te zeggen of te doen. Fleurtjes blauwe ogen zijn glazig grijs geworden. Ze kijkt in een diepe verte, en bijt op haar onderlip. Het is een treurige overdenking; in ieder geval een serieuze. Dat is wel duidelijk.

'Vond je het echt niet stom dat ik was gevallen?' Het duurt even voordat Fleur haar ogen weer op Isa richt. Durft ze niet te kijken?

'Natuurlijk niet.' Als Sharissa zoiets had gevraagd, was Isa in lachen uitgebarsten, maar voor Fleur lijkt het gevoelig te liggen. 'Waarom zou dat stom zijn? Je kon er niks aan doen.'

Fleur haalt haar schouders op. 'Mijn vader vond dat je altijd overal iets aan kon doen. Per ongeluk bestaat niet, dat zei hij. Hij is bij ons weggegaan nadat ik het hek van het weiland per ongeluk open had laten staan en alle koeien op de dijk liepen.'

Fleurtje staart voor zich uit. Ze slikt een brok in haar keel weg. 'De eikel.'

Isa weet niks te zeggen.

'Mijn moeder zegt dat het niet door de koeien kwam, dat hij sowieso wel was vertrokken. Maar ik ben toch blij dat we alle beesten hebben verkocht. Nu hoef ik nooit meer aan hem te denken.'

Isa knikt. Ze stelt geen vragen over Fleurs vader; dat is zo intiem, dat durft ze niet. In plaats daarvan vraagt ze: 'Dacht je dat ik je niet meer leuk vond omdat je was gevallen?'

Fleurtje friemelt aan haar haren. Bijna onzichtbaar haalt ze haar schouders op.

Isa geeft haar een zacht elleboogje tegen haar arm. 'Natuurlijk niet. Jij zou mij toch ook niet laten barsten als ik viel?'

Even is Fleur stil. Ze trekt haar wenkbrauwen op.

Isa begint te lachen: 'Natuurlijk niet, rare!'

Fleur glimlacht, ze lijkt in te zien dat het belachelijk is om een vriendschap op te zeggen om zoiets kleins.

Isa wordt er vrolijk van. 'Ik zou je wél willen uitlachen, dát wel!'

'Niet doen, hoor.' Fleur zegt het met een zachte stem.

'Oké, ik lach je niet uit.' Isa is nog steeds vrolijk. 'Maar alléén omdat het voor jou een probleem is, niet voor mij. Als vriendinnen moet je elkaar een beetje accepteren en elkaars rare trekjes vergeven.'

Fleur kijkt haar aan. 'Vind jij ook dat we vriendinnen zijn?'

Isa knikt lief naar Fleur. 'Als jij het wilt, wil ik het ook.'

'Ik moet je iets laten zien,' zegt Fleur zo zacht, dat Isa eerst denkt dat ze het niet goed hoort. Ze begint haar broek op te stropen. Heel traag en gewichtig doet ze het. Misschien omdat haar benen nog zeer doen van de val, maar ze stroopt de broek veel verder op; voorbij de pleisters die Isa net met Fleurs moeder heeft geplakt.

Isa wordt er ernstig van – en eerlijk gezegd ook een beetje zenuwachtig.

'Je moet me beloven dat je het aan niemand vertelt,' zegt Fleur.

Isa knikt, ook al weet ze nog helemaal niet hóé moeilijk het misschien is om niemand te vertellen wat Fleur nu wil laten zien.

'Hier zit het.' Fleur houdt haar beide handen om haar blote knie. Isa ziet er niks aan, alleen maar twee handen om die knie.

'Ik zie niks.'

'Beloof je echt dat je het geheim houdt?'

Isa kijkt Fleur verrast aan. 'Tsja, eh... ja. Ik denk het wel.'

'Zweer het.'

'Oké.' Isa steekt haar vingers in de lucht. 'Ik zweer het.'
Dan haalt Fleur haar handen van haar knie. En Isa ziet
het. Ze hapt naar adem, maar krijgt toch geen lucht.
'Hoe kom je daaraan?'
De knie van Fleur is... als een vulkaan na een uitbarsting.
Vol littekens van grote en kleine snijwonden. Sommige
wonden zijn dikke roze strepen geworden, andere hebben
alleen een dun lijntje litteken achtergelaten. Alles op de
bolling van haar knieschijf. Dat moet een rottige pijn heb-
ben gedaan...
Fleur zucht. Ze krijgt tranen in haar ogen. 'Ik. Zelf.'
'Wat?!' Isa kan het niet geloven.
'Elke keer als mijn ouders ruzie hadden. Niemand wist
het.'
Isa kijkt Fleur met grote ogen aan. Het lukt haar niet om
te knipperen.
Fleur zegt: 'Normaal zou ik mezelf hebben gesneden na
zoiets stoms als die val van net. Omdat ik altijd zo'n sukkel
ben.'
Hoe kom je daar nou bij? wil Isa zeggen, maar ze krijgt
het zo gauw niet over haar lippen en Fleur praat al verder.
'Nu heb ik met mijn moeder afgesproken dat ik voortaan
iets anders doe als ik me ellendig voel, of schuldig.'
Ze pakt iets uit haar jas. Wat is dat? Isa kan het niet goed
zien. Het lijkt wel een doosje, of is het een mini-boekje?
Fleur zegt: 'Daarom wil ik jou nu... Dit kreeg ik van mijn
oma toen ik naar groep zeven ging. Ze wilde dat ik het aan
iemand gaf die ik vertrouwde, maar ik kon niemand vinden.'
Isa ziet nu wat er in het doosje zit. Het is een ketting. Wat
wil Fleur daarmee zeggen?
'Maar nu ben jij er.' Fleur houdt het doosje omhoog en
schraapt haar keel. 'Het zijn vriendschapskettingen, zie je
wel, het zijn er twee.'

In het doosje ligt een hartje. Links-
onder staat *best* en rechtsonder staat
friends. Het hartje vormt twee hanger-
tjes; het linker- en rechtergedeelte van
het figuur.

'Als jij nou deze neemt...' Fleur geeft
Isa een kettinkje met het halve hartje
eraan en het woord *friends* erbij.

'Dan doe ik deze om...' Ze prutst om de andere helft achter haar nek vast te maken, met het woord *best* erop.

'Laat mij je helpen,' zegt Isa, en ze maakt de ketting
dicht. Haar glimlach moet er schaapachtig uitzien, maar ze
voelt zich dan ook zó vereerd.

Fleur haast zich te zeggen: 'Als je het stom vindt, moet je
het zeggen hoor.'

'Natuurlijk vind ik het niet stom,' fluistert Isa, 'ik ben er
hartstikke blij mee.'

Dan durft Fleur eindelijk Isa's ketting te pakken om hem
bij haar om te doen.

Gijs de Geit vindt hem er ook wel lekker uitzien.

Fleur lacht: 'Ga weg, engerd, die is niet voor jou!' En
duwt tegen zijn snuit.

Isa lacht. Nee, ze giechelt. Het is eigenlijk een vreemd
geluid dat uit haar keel komt, maar dat krijg je als je net tot
iemands Officiële Vriendin bent gekozen!

Samen wandelen ze terug naar het huis.

'Vind je het echt niet raar dat ik je die ketting heb gegeven?' vraagt Fleur.

Isa schudt haar hoofd. Ze voelt aan het hangertje onder
haar koeienshirt. 'Ik ben er heel blij mee.'

'Mooi.' Fleur denkt even na. 'Dan kan ik je dit wel vertellen: ik denk ook dat Delano verliefd op me is.'

Isa roept het uit: 'Zie je wel!'

Zag hij dat zij het was?

De volgende woensdag gaat Isa met haar vader mee bood- | 43
schappen doen. Niet omdat ze daar nou zoveel zin in heeft,
maar meer omdat er verder even niks te doen is.

'Hou jij het lijstje vast?' vraagt papa.

Isa knikt. Stiekem vindt ze het wel gezellig om samen
met Erik in de supermarkt te lopen en nog even het spelletje te doen dat ze als kind al deden.

Het gaat zo: ze pakken de boodschap die op het lijstje
staat en gooien die in de winkelkar alsof ze een enorme
'dunk' in een basket maken.

Dingen in zakjes, zoals koffiepads en dropjes, gooien ze
er keihard in. Maar er zijn ook boodschappen die er niet
tegen kunnen om te worden gegooid, zoals colaflessen. En
dingen in glas, zoals pindakaas of augurken. Dan is de
regel zo: hoe kwetsbaarder het ding is, hoe meer je ze in
slow motion in de winkelkar moet 'dunken'.

Eentje is de sportman of –vrouw, en de ander is dan
publiek. Het publiek moet juichen en áltijd in het tempo
van de basketballer. Dat betekent: hoe trager je dunkt, hoe
langzamer de ander moet juichen. Het is nog moeilijker dan
je denkt hoor, en je krijgt er ook altijd de slappe lach van.

Papa doet een supergrappige slow motion. Hij houdt de
koffie boven zijn hoofd en trekt een gezicht alsof hij twintig kilo staat weg te werpen. De kreet die hij erbij slaakt, is
een beestachtige. (Soms doet hij het te hard, dat is weleens
gênant – maar Isa kan het niet helpen dat ze toch moet giechelen om hem.) En hoe trager de beweging wordt gedaan,
hoe lager zijn stem klinkt. Net echt, haha.

Het is vlak na schooltijd, het is niet extreem druk in de

winkel. De klanten zijn bovendien allemaal huismoeders, dus vanmiddag durft Isa het wel te spelen. Bij de fruitafdeling beginnen ze.

'Eén komkommer,' leest Isa.

'Aha.' Papa pakt het bovenste exemplaar en gooit hem een tijdje van zijn linker- naar zijn rechterhand. 'Doef, doef,' doet hij – alsof hij ermee dribbelt.

'Hihi.' Zie je wel, Isa kan het niet helpen...

'Daar ga ik dan, de ster van de wedstrijd, het publiek juicht uitzinnig.'

'Haaa,' doet Isa. Ze heeft geleerd dat ze het meeste als een stadion klinkt wanneer ze juist zacht fluistert, alsof ze het hijgt zelfs: 'Hhaaa.'

Natuurlijk is ze toch wat verlegen en kijkt ze even om zich heen, maar ze dóét het wel en papa gaat steeds langzamer met die komkommer.

'Doenk, doenk...' zegt hij met zijn trage lage stem. Hij houdt zijn hand naast zijn oor om aan te geven dat hij het publiek beter wil horen.

'Hhhaaa!' lacht Isa, ze zit er helemaal in, ze gooit zelfs haar handen een eindje in de lucht.

Papa Erik checkt eerst waar de winkelkar is, en doet dan alsof hij op iets mikt dat zich boven zijn hoofd bevindt, alsof hij kijkt waar de basket is.

Isa giechelt inmiddels hardop en begint te wapperen met haar boodschappenbriefje – maar dan verslikt ze zich zo erg dat ze knalhard begint te hoesten.

Meteen springt papa op haar af. 'Gaat het schat, moet ik een glaasje water vragen?'

Nee, nee! Isa maakt een afwerend gebaar. Haar gezicht is tomatenrood aangelopen, haar ogen tranen en haar hart gaat in galop door haar lichaam. Dat, wat ze net in een flits zag, toen ze stond te juichen... was dat echt wat ze dacht dat het was?

En als dat zo was...

Zag *hij* dan ook dat *zij* het was?

'Wat gebeurde er nou?' vraagt papa.

'Niks.' Want ja, als je net de liefde van je leven denkt te zien, dan ga je dat toch niet meteen aan je vader zeggen?!

Dat zou wat zijn, zeg, hij zou lachend, nee, *kirrend* met haar door de supermarkt gaan sjouwen om dit belangrijke moment mee te maken. Hij zou knalhard vragen of 'dit hem is' bij elke jongen die ze tegenkwamen. Nee, papa is best aardig hoor, maar als het om de liefde gaat, kan hij maar beter onwetend blijven!

Het lastige is nu... dat Erik zich enorm heeft verheugd op een potje 'supermarktbal' met zijn dochter.

'Nu ben jij,' zegt hij dan ook enthousiast. Hij kijkt op het lijstje en zegt: 'Mmm, jij mag wel een lekkere zak chips voor me dunken.'

'O,' zegt Isa ineens een stuk minder enthousiast. 'Kunnen we niet iets kiezen dat op deze afdeling ligt? Anders moeten we de hele winkel door.'

Ineens voelt ze zich ontzettend bekeken. Alsof haar knappe Orlando achter elke schap van de winkel naar haar staat te kijken, haar in de gaten staat te houden...

Hij was het toch? Ja, hij had een gele supermarktjas aan, maar ze herkende hem voor honderd procent. Toch?

'Ja.' Papa lacht een veel te brede lach. 'Straks moeten we weer helemaal terug om bananen te halen en dan doen we er lekker lang over!'

Maar Isa wil niet 'lekker lang' over de boodschappen doen. En al helemaal niet met een zak chips dribbelen in slow motion. Ze wil nu het liefst stilletjes en snel alle boodschappen die ze nodig hebben in de kar laden en dan gauw afrekenen.

'Nee,' zegt ze. 'We moeten alles pakken wat hier ligt. Ik heb nog meer te doen.'

'O.' Papa kijkt teleurgesteld, of lijkt dat maar zo? 'Nou ja, we hebben dus ook bananen nodig.'

Isa pakt een trosje en spiedt nog gauw om zich heen terwijl ze het op de weegschaal legt. Ze wil het in de kar leggen, maar papa houdt haar tegen.

'Hoho, jongedame. We zijn hier wel met een wedstrijd bezig, ja?'

In haar buik voelt Isa een steek van ergernis. Ze duwt papa's arm aan de kant en legt de bananen in de kar.

Verbaasd kijkt hij haar aan. 'Ik heb nog helemaal niet staan juichen.'

Isa zucht. Wat moet ze doen? Achter de potten appelmoes kan Orlando staan. Hij is hoe dan ook vlak bij haar. Niet verder dan tien meter uit haar buurt – want zo groot is de supermarkt ook weer niet.

Tegelijkertijd voelt ze zich schuldig tegenover haar vader. Ze had hem eigenlijk een potje supermarktbal beloofd, maar nu reageert ze ineens geïrriteerd... Ze tilt de bananen op en houdt ze kort boven haar hoofd.

'Hhaaa!' juicht papa meteen – en veel te hard.

'Niet zo hard,' fluistert Isa.

'Maar jij bent mijn sportheld!'

'Het is gewoon maar een stom spelletje, hoor.'

Papa blijft toch staan glimlachen. 'Niet voor mij.' Ineens ziet hij er oud en suf uit. Waarom draagt hij zo'n rare ouderwetse bril? En dan die afgedragen spijkerbroek, met die jas uit de Middeleeuwen. Isa voelt haar maag ineenkrimpen.

Papa probeert Isa alsnog in de stemming te krijgen. 'Ik vind het een bloedserieuze zaak.' Hij knikt: 'Het is een grote wedstrijd hoor.'

'Je moet je niet zo aanstellen, pap.' Isa kijkt alweer om zich heen alsof ze op iets misdadigs is betrapt. Ze ziet Orlando nergens, maar dat wil niet zeggen dat hij er niet ís.

'Kom,' zegt ze. 'We hebben nog steeds chips nodig.' Niet alleen wil ze naar de chips, ze wil nu ook wel eens zien of Orlando misschien ergens loopt. Maar dan wel normaal, en niet als een achterlijke sport-debiel.

'Doen we geen spelletje meer?' Papa loopt verbaasd achter haar aan.

'We zijn toch geen kinderen,' puft Isa.

Papa Erik is degene die de kar moet duwen. Want misschien is Isa dan geen kind, ze is zeker ook geen oude taart!

Die ketting heb je niet van mij

Isa heeft Orlando niet meer gezien in de winkel. Aan de ene kant natuurlijk jammer, maar tegelijkertijd was het ook wel een opluchting. Want wat had ze in vredesnaam moeten zeggen?

Langzaam is haar hartslag weer normaal geworden. Het was jammer voor papa dat Isa het winkelspel niet wilde spelen, maar op zich ging het wel redelijk vandaag. Dat wil zeggen: hij heeft zich niet al te erg misdragen, gelukkig.

Samen hebben ze de boodschappen op de lopende band bij de kassa gelegd. Papa heeft naar haar geglimlacht en zij heeft teruggelachen...

...Maar nu wilde ze wel dat ze onzichtbaar kon worden, zoals Violet uit *The Incredibles*. Of dat ze op z'n minst 'opgebeamd' werd, zoals een kapitein uit Star Trek. Zodat ze er niet naast hoefde te staan nu de pinautomaat piept en papa geschrokken zegt: 'Oei, mijn maximum is bereikt.'

Isa voelt haar benen week worden als geleipudding. Achter hen komen diepe zuchten uit de lange rij voor de kassa van de supermarkt.

De kassière is een meisje uit een van de hogere klassen van Het Vossen College. Eerst stond Isa naar haar te kijken in de hoop dat ze haar óók zou herkennen, maar nu heeft ze haar gezicht snel afgewend. Het meisje leunt achterover in haar stoel en vraagt wat papa wil doen. 'Opnieuw proberen, of een paar dingen terugleggen?'

Papa kijkt Isa aan. Shit, net nu ze probeerde te doen alsof ze niet bij hem hoort! 'Welke dingen hebben we niet echt nodig, denk je?'

Isa voelt haar wangen gloeien als kooltjes na een barbecue.

'Misschien...' Ze schraapt haar keel. 'De chips?'

Papa kijkt het meisje in de stoel aan en zegt: 'De chips mogen wel weg.'

De kassière haalt de barcode van de gezinszak langs haar infrarood lampje en zegt: 'Nog iets?'

Opnieuw kijkt papa naar Isa. Zijn ogen herhalen de vraag van het meisje: nog iets?

Verdorie, alsof ze allemaal overbodige dingen hebben gekocht! Integendeel, gewoon wat mama op hun lijstje had geschreven: kipfilet, pasta, broccoli, brood, hagelslag, bananen, komkommer, melk en cola...

Met zachte stem zegt Isa: 'Ik denk dat de cola ook wel weg kan.'

De kassière schuift de fles langs het rode licht alsof hiermee niet de vrijdagse televisieavond van Isa en Nienke wordt wegbezuinigd.

Ze kijkt naar de rest van de boodschappen, die als een berg vuilnis achter de loopband ligt te wachten tot ze worden ingepakt.

Rijst, paprika's, tartaar, wc-papier, maandverband, tandpasta, olijven...

Mensen beginnen uit de rij te stappen en sluiten bij een andere kassa aan. Papa en Isa houden de boel vreselijk op. Alleen de mevrouw achter hen, die haar boodschappen al op de loopband had geplaatst, kan geen kant op. Zij leunt tegen een toren boodschappenmandjes en staart wat naar het plafond – bijtend op haar lip en ingehouden zuchtend.

Isa kan wel janken, en toch ook weer niet. Ergens zou ze woest willen worden op papa, maar tegelijk weet ze dat hij het óók vreselijk vindt dat ze dit moet meemaken.

Het is nu alweer acht maanden geleden dat papa zijn werk verloor. En het ergste is dat hij het zélf heeft veroorzaakt. Hij heeft zo'n afschuwelijke, vreselijke ruzie gemaakt bij de Belastingdienst, waar hij werkte op de afdeling kinderbijslag.

Hij was er tijdens zijn studie begonnen op de administratie-afdeling, oorspronkelijk om gewoon wat bij te verdienen. Eigenlijk zou hij theater gaan maken, een echte regisseur worden van succesvolle voorstellingen. Tot het zo ver was, zei hij, zou hij geld verdienen bij de Belastingdienst. Maar ja, zo werkte het dus niet...

De jaren verstreken en hoe langer het duurde, hoe verder papa van zijn oorspronkelijke ideaal verwijderd raakte. En toen, op een dag, gebeurde er iets dat hem boos maakte. Aan Isa hebben ze nooit verteld wat het precies was. Maar die dag heeft hij dus al zijn collega's toegeroepen wat een 'kloothommels' hij hen vond. Dat ze 'ver beneden zijn niveau' waren en hij al 'jaren wachtte op een kans om te vertrekken'. Dat soort dingen.

Na dit ongelukkige voorval zoals mama het noemt, is papa overwerkt thuis gebleven. Twee weken later kwam zijn chef hem bezoeken. Met een bosje bloemen en de mededeling dat de situatie onhoudbaar was geworden. Papa kon niet terug naar de afdeling waar hij al jaren werkte, zijn collega's waren nog altijd woest op hem. De situatie was officieel 'onwerkbaar' geworden.

Toen heeft papa opnieuw boude dingen gezegd...

Dat hij nooit van zijn leven op een andere afdeling opnieuw zou beginnen. Dat hij dan zou opstappen – sterker nog: dat hij ter plekke ontslag nam. Mama probeerde hem tot zwijgen te manen, maar papa was niet te sussen. Hij werkte zijn voormalig chef de deur uit en zei nog diezelfde avond dat hij niet wist wat hem had bezield.

'Er kwam iets over me,' zei hij beduusd.

En toen, ja, toen restte hem niks anders dan noodgedwongen zijn jongensdroom alsnog na te jagen. Hij sloot zich om te beginnen aan bij de plaatselijke toneelclub en daar mocht hij wel een bijrol op zich nemen. Rond de kerst krijgen ze straks papa's allereerste uitvoering te zien. En over een paar jaar 'neemt hij de hele tent over', zegt hij wel eens tijdens het avondeten, als een grapje.

'En maandverband? Is daar niet al genoeg van in huis?'

Geschrokken kijkt Isa haar vader aan. Moet ze nu in een volle supermarkt gaan argumenteren dat ze echt een nieuw pak maandverband nodig hebben omdat het oude bijna op is en ze over een paar dagen ongesteld moet worden?!

'Doe het wc-papier maar terug,' zegt Isa gauw. Dat vindt ze toch altijd zo gênant om mee te nemen.

'Het wordt een beetje te veel om alles bij de kassa te bewaren,' zegt de kassière die haar microfoon pakt en omroept: 'Julian, kassa drie alsjeblieft.'

'Laat anders ook de rijst nog even zitten,' zegt Isa. 'Daar hebben we nog wel wat van staan.'

Van papa's onverwachte ontslag heeft Isa één ding geleerd, namelijk dat je *altijd* op je woorden moet passen. Die ene dag waarop papa gefrustreerd rondliep op zijn werk, heeft ertoe geleid dat zij nu, acht maanden later, met het schaamrood op de kaken openlijk moet bespreken of ze wel of geen maandverband wil kopen.

'Oké,' zegt Erik afsluitend tegen het kassameisje. 'De rijst weg en ook de olijven. Dan moet het beter lukken met mijn pinpas.' Hij glimlacht schaapachtig, en zij lacht plichtmatig terug.

Uit het gangpad komt een vakkenvuller om de kassière de bijstand te verlenen die ze vroeg.

'Wat kan ik voor je doen?' zegt de jongen.

Gauw draait Isa zich om. Maar dat staat stom, dus maakt ze er een halve slag van. Ze verstopt haar gezicht in de kraag van haar vest. O nee, zal je net zien, zaljeméémaken!

Door haar maag gaat een golf van plotselinge schrik en

opwinding tegelijk, het is zo heftig, het lijkt op een golf van misselijkheid en het schiet door Isa's gedachten: niet overgeven, niet nu!

Haar enkels, haar knieën, alles wordt zo warm – ze beginnen te gloeien, nee, te *smelten*!

Onder haar voeten komen scheuren in de vloer. Daar zal Isa doorheen glijden, straks, als ze vloeibaar is geworden en verdwijnt in het eeuwige hiernamaals.

De jongen die de chips, cola, wc-papier, rijst en olijven krijgt aangereikt om terug te zetten, dat is Orlando! Háár Orlando! Hoe noemde de kassière hem ook alweer, shit, wat was zijn naam?

'Wil je dit even terugzetten?' Het meisje glimlacht op een manier die Isa helemáál niet bevalt. Heel, eh... ordinair is die lach. Alsof ze in de kroeg naar hem staat te lonken, bah! Ineens is alle bewondering die Isa voor het kind had, helemaal verdwenen.

Orlando knikt hulpvaardig, ook naar papa. 'Natuurlijk.'

Staat ze met open mond te staren? O, wat een lekker ding is hij. Isa kan het niet helpen...

'Dank je, Julian!' schreeuwt het stomme wicht hem opdringerig na.

Julian, hij heet Julian, denkt Isa. Wat een heerlijke, prachtige, fantastisch mooie naam! Isa en Julian. I en J. Als ze de J schrijft, en halverwege een streepje zet, dan zit *haar* letter verborgen in die van *hem*. Zucht...

Hij heeft dikke, knalzwarte wimpers om die heldere blauwe ogen, en mooie ronde, zwarte lijnen als wenkbrauwen. Die ogen verdienen een hele, hééééle rechte pink, als ze hem moest beoordelen. Zo sexy is hij, zelfs in zijn lange, gele supermarktjas.

'Ja, het is gelukt,' zegt papa met opluchting in zijn stem.

'Help jij alles in te pakken, Isa? We hebben nu betaald.'

Beduusd loopt Isa naar de achterkant van de kassa, waar hun boodschappenwagen op hen wacht om opnieuw gevuld te worden. Waar is Julian?

Alweer aan het werk.

Zucht...

Op het parkeerterrein doet Isa haar best om de kar in bedwang te houden. Wat zijn dat toch altijd rotdingen! Soms kijkt ze achterom om te zien of Orlando – eh... *Julian* misschien buiten staat met een collega. Maar nee, ze ziet hem niet.

Wie ze ook niet heeft gezien, is Sharissa. Die leunt tegen een lantaarnpaal op het parkeerterrein en roept: 'Hallo sufkop!'

Papa begint te glimlachen. 'Kijk eens wie we daar hebben.'

Isa lacht ook, maar dan met een mengeling van enthousiasme, schaamte, en het gevoel betrapt te zijn.

'Isááááá!' gillen Damian en Davina. Natuurlijk is de tweeling erbij.

'Je moeder zei dat jullie hier waren,' groet Sharissa. 'Sorry dat ik stoor, maar ik word niet goed van die twee.'

Papa pakt Davina bij de hand en wandelt met haar naar hun auto.

'Je moet eens met ze naar die nieuwe kinderboerderij gaan,' zegt hij. 'Heb je daar al van gehoord?'

Isa schrikt, en niet alleen omdat de boodschappenwagen bijna tegen een auto aan botst – die krengen gaan altijd een eigen kant op. De kinderboerderij die papa bedoelt, is die van Fleur.

Sharissa schudt haar hoofd. 'Is dat leuk?'

'Zeggen ze.' Papa knikt terwijl hij de kofferbak openmaakt.

'Is je moeder nog op haar werk?'

'Ja.' Sharissa kijkt naar Isa. 'Ga je mee een ijsje kopen? Samen kunnen we deze duiveltjes wel aan.'

Isa knikt, opgelucht dat ze de boodschappenkar kan laten voor wat die is.

Papa is ook blij dat Isa iets leuks kan doen na de beschamende ervaring aan de kassa.

'Ik doe de rest, ga maar gauw,' zegt hij.

Ze zijn de parkeerplaats nog niet af, of Sharissa heeft het al gezien.

'Heb je een nieuwe ketting? Daar weet ik niks van!'

Isa is verbluft over haar vermogen om een kettinkje te spotten dat ze nota bene *onder* haar shirtjes draagt – speciaal om een moment als dit te vermijden.

'O, niks.' Ze ritst haar vest helemaal dicht. Ze heeft geen zin om weer over Fleur te praten, ze wil gewoon lekker ijsjes kopen en kletsen over niks. Maar niet over Orlando/Julian...

Over hem wil Isa niet kletsen. Want ze kan het nog niet aan om grapjes over hem te horen van Sharissa. En de gedachte dat Sharissa haar mee terug de supermarkt in zou trekken en zou eisen dat Isa hem aanwees, die gedachte is natuurlijk helemaal afschuwelijk! Nee hoor, dit is nog veel te kwetsbaar om al te bespreken.

Sharissa zou Sharissa niet zijn, als ze Isa niet bij beide schouders beetpakte en het hangertje onder het shirt vandaan trekt.

'Het is een vriendschapsketting.'

Zij herkent zoiets natuurlijk meteen. 'Hoezo draag jij een vriendschapsketting, die heb je niet van mij gekregen.'

Isa hoopt nog steeds dat Sharissa het onderwerp zal laten voor wat het is. Een beetje sullig antwoordt ze daarom: 'Een vriendschapsketting? Nee toch?'

'Jawel, hier staat het: *friends*.' Sharissa trekt Isa's rits omlaag. 'Wie draagt het andere gedeelte?' Ze grijpt het hangertje van de ketting zo stevig vast, dat Isa bang is dat ze het eraf zal trekken. Gauw beweegt ze met haar hoofd mee naar voren.

'Niemand,' beweert ze.

Sharissa bestudeert het halve hartje met een misprijzend gezicht en kijkt Isa dan bozig aan. 'Wie heeft jou een vriendschapsketting gegeven. Dat koeienkind?'

'Nee joh!' Het is eruit voor Isa er erg in heeft.

'Mooi, want anders moest ik 'ns effe bij haar langs. Een beetje achter mijn rug om *mijn* vriendin inpikken.'

Isa háát het als Sharissa zo fel wordt. Damian en Davina zijn het gewend, maar Isa went er nooit aan, die krimpt elke keer ineen als ze die scherpe toon hoort. Ook al weet ze heus wel dat Sharissa niks zal doen.

'Van wie heb je hem dan?'

'Misschien heb ik hem wel gewoon gekocht.'

'Doe niet zo raar.' Ze schrikt en schreeuwt: 'Damian en Davina! Stoppen! Nú!'

De vijfjarige tweeling blijft netjes op de stoep staan wachten, ze zijn wel gewend dat hun grote zus op deze toon voor hen zorgt.

Volgens mama is het eigenlijk te veel voor zo'n jonge meid als Sharissa, om zo vaak op te moeten passen. Maar haar moeder moet nou eenmaal geld verdienen, en samen redden ze het op deze manier best. Isa vindt het vooral knap dat Sharissa zoveel met de kleintjes onderneemt, en je kan echt merken dat de tweeling dol op haar is.

'Ik wil vanille-ijs met meloen.' Isa probeert van onderwerp te veranderen.

'Is goed,' knikt Sharissa. 'Ik betaal wel, want oma heeft me geld gegeven en jij hebt niks. Ook niet om een ketting voor jezelf te kopen, dat weet je best.'

'Eigenlijk zou ik een baantje moeten nemen,' zegt Isa plechtig. 'Misschien in een supermarkt?'

Sharissa stoot tegen Isa's bovenarm – au! – en roept uit: 'Wat een goed idee; Isa de Vakkenvuller!'

Isa lacht harder dan eigenlijk nodig is en vraagt zich af of het zou mogen. Hoe oud moet je eigenlijk zijn voordat je in de supermarkt mag werken?

Ze is blij dat Sharissa het onderwerp 'ketting' heeft laten varen.

Je kunt bij de ijssalon binnen aan een tafeltje gaan zitten, of op het kleine terras op de stoep. Maar Sharissa en Isa zijn door de tweede uitgang gelopen, aan de achterkant van de winkel. Daar is een muurtje bij het plein, waar ze altijd op klimmen. De tweeling rent achter elkaar aan en Sharissa schreeuwt dat ze geen nieuw ijsje krijgen als ze deze laten vallen.

De vriendinnen schuiven naast elkaar, schouder aan schouder, op het muurtje.

'Nu ik een ijsje voor je heb gekocht, kan je me wel vertellen van wie je de ketting hebt gekregen. Je hebt toch geen geheimen voor me?'

'Natuurlijk niet!'

Shit, als Isa nou metéén eerlijk had gezegd dat het van Fleur kwam, hoefde ze nu geen smoes te verzinnen. Ze heeft al gedaan alsof die niet van het 'koeienkind' was. (Lastig trouwens, dat Sharissa alsmaar koeienkind blijft zeggen – hoe moet Isa dat er ooit uit krijgen?)

Wat zal ze doen? Als ze vertelt dat de ketting wél van Fleur is, drukt Sharissa ter plekke haar ijsje in Isa's gezicht. Nou ja, zó erg zal het misschien niet zijn, maar ze gaat natuurlijk midden op straat tegen haar staan schelden en tieren.

Dat is Isa's ergste nachtmerrie, dat Sharissa net zo tegen haar tekeer zal gaan als ze soms tegen haar moeder doet. En dan in het openbaar... Dat iedereen omkijkt en hoort hoe je de wind van voren krijgt, en dat je dan toch iets terug moet zeggen dat ergens naar klinkt, terwijl ie-der-een blijft staan om te luisteren. Brrr.

Ze worden opgeschrikt door een oorverdovend gekrijs.

Davina ligt jammerend op straat, languit, met haar gezicht in het kapotte ijsje.

Vloekend en tierend springt Sharissa van de muur. 'Ik had toch gezegd dat het mis zou gaan!' Ze veegt met een servet over het gezicht van haar zusje. 'Kom eens hier, kind, je lijkt wel een blanke met al dat ijs op je kop!'

Zou Sharissa echt tegen Isa gaan schreeuwen om een klein leugentje? Eén keer moet de eerste keer zijn... En ze heeft nu in principe ook wel reden om boos te zijn.

Damian staat schuldbewust naast zijn twee zussen, en Davina huilt tranen met tuiten. 'Auwauwauhauw!'

Arme Sharissa, denkt Isa, ze heeft al zo'n zware dag. Zal zij dat nog eens erger maken? Daarvoor is het helemaal niet belangrijk genoeg. Sharissa is en blijft haar allerbeste vriendin, zeker weten!

Isa springt van het muurtje en geeft haar ijsje aan Davina. 'Hier.'

Davina snikt nog een paar keer na, veegt de mouw van haar jas langs haar neus, en begint dan te likken.

'Vanille,' zegt Isa overbodig. Ze pakt Sharissa bij de mouw en neemt haar mee terug naar het muurtje. Ze haalt adem en liegt: 'Ik heb de ketting van Kyra gekregen.'

'Je nicht?'

Isa knikt.

'Je bedoelt die snol?'

Isa kan niet helpen dat ze glimlacht. Heb je ooit iemand ontmoet die zo haar gal kan spuien als Sharissa...?

Kyra is inderdaad een mega-bitch tegen hen geweest door net te doen alsof ze hen niet meer kende toen ze naar de brugklas ging. Sharissa en Isa zaten toen in groep zeven. Isa zou haar ook graag een snol noemen, een muts en een lelijke heks. Maar dat lukt haar niet – tenslotte is en blijft het toch haar nichtje –, dus ze zegt neutraal: 'Mijn nichtje Kyra, ja.'

Ze schuiven weer schouder aan schouder op de muur.

'Dat is ook wat,' zegt Sharissa. 'Geeft ze je nou ineens cadeautjes? Moet ze iets van je?'

Isa schudt haar hoofd. 'Deze was gewoon oud en omdat ik nooit geld heb...'

'Vertel mij wat.'

Ze gelooft het. Gelukkig. Opgelucht en tevreden ademt Isa diep in en langzaam weer uit. Het is niet erg, dit is een leugentje om bestwil. Dat heeft ze wel eens vaker gedaan, vooral op momenten dat Sharissa zeker weten boos zou worden om iets onbelangrijks. Deze ketting is ook onbelangrijk, want Sharissa heeft van Fleur niks te vrezen. Nee, besluit Isa in zichzelf, het is goed zo. En stiekem is ze ook trots dat ze deze dag op zo'n prettige manier laat eindigen. Onbezorgd bij de ijssalon.

Even zijn ze stil.

De tweeling is na hun botsing op de grond gaan zitten. Ze pulken aan het gras dat tussen de stenen groeit.

'Wil die trut van een Kyra soms weer met je omgaan nu je op dezelfde school zit?'

'Nou, dat lijkt me niet–'

'Ssst. Stil!' Sharissa stompt zo hard tegen Isa's borst, dat die even geen lucht krijgt. Dan pakt ze de kraag van haar jas en probeert zich erachter te verbergen. Ze fluistert: 'Daar is hij.'

'Wie? Bedoel je... O!'

Nieuwsgierig kijkt Isa om zich heen. Eindelijk ziet ze hem dan een keer, de jongen uit de vierde die 'zó' is.

'Niet zo kijken!' sist Sharissa. Ze knijpt in Isa's been.

'Au!'

'Shit, zit ik met dat ijsje. Pak aan!'

'Voorzichtig!' Bijna valt het hoorntje over Isa heen, ze kan het ijsje maar net op tijd aanpakken.

'Komt-ie hierheen, komt-ie naar ons toe?'

Isa glimlacht. Ze fluistert: 'Bedoel je die blonde jongen die nu recht op jou afkomt?'

'Niet doen!' Sharissa fronst haar wenkbrauwen maar begint van de zenuwen toch te lachen. Opnieuw geeft ze een pinnige kneep in Isa's been.

'Au!'

'Zeg nou,' beveelt Sharissa.

Isa ziet een blonde jongen van een rode mountainbike springen. Oud is hij, allemachtig, hij lijkt wel *achttien*. Zijn krullen zijn vrij lang, maar zo stevig dat ze nauwelijks bewegen. Hij pakt een portemonnee uit zijn kontzak; Isa ziet een tatoeage aan de binnenkant van zijn onderarm.

'Hij heeft een *tattoo*,' zegt Isa.

Sharissa knikt. 'Dat is 'm!' Ze gluurt over het randje van haar kraag. 'Is-ie niet cool?'

Isa knikt met open mond. Ze knikt omdat ze weet dat Sharissa wil dat ze dat doet. Maar of deze jongen wel echt zo leuk is?

'Doe dan je duim omhoog!' sist Sharissa. 'En je pink!'

In een automatisme steekt Isa haar duim op, het is een verdwaasde beweging.

De jongen is mager, hij beweegt zich gejaagd en – ziet ze het goed? – het lijkt wel alsof hij een tand mist!

Eindelijk zegt Isa: 'Ik vind 'm een beetje eng.'

'Geen grapjes maken.' Opnieuw die nagels van Sharissa in haar dijen.

'Au!' Isa kan er niets aan doen dat ze lacht. 'Hou daar eens mee op!'

'Heeft-ie ons al gezien? Hoe zie ik eruit?'

'Lekker als altijd.'

'Nee, nee, écht.'

Isa knikt: 'Lekker als altijd. Echt.'

Sharissa drukt haar lippen op elkaar. Ze knijpt lichtjes in haar wangen en drukt haar haren in model. 'Zal ik naar hem toegaan?'

Isa knikt. 'Je kent hem toch? Je hebt zelfs gezoend.'

Sharissa kijkt haar met geschrokken ogen aan. 'Zal ik het doen?' Ze neemt een flinke hap adem. 'Ja, ik doe het.'

Ze geeft haar jas aan Isa, trekt haar broek uit haar bil, maar zegt dan: 'Shit, daar is hij!' En stort zich boven op Isa.

'Voorzichtig!' gilt die, maar Sharissa heeft haar al in een houdgreep; haar beide armen klemmen de bloedtoevoer naar Isa's hoofd af.

'Sharissa,' kucht Isa. 'Je wurgt me.'

'Ik durf niet,' fluistert Sharissa.

De jongen springt zonder omkijken op zijn fiets (met een ijsje in zijn hand, dus Sharissa hoefde zich nergens voor te schamen) en sjeest ervandoor. Sharissa kijkt hem smachtend na.

'Je wurgt me.'

'Wat? O, sorry.' Ze laat Isa los en ziet dan welke ravage ze heeft aangericht.

'Mijn jas!'

'En míjn nek.' Isa schudt haar haren uit de war.

Het ijsje dat Sharissa aan Isa gaf heeft het onder de druk begeven en de jas zit helemaal onder. Sharissa's shirt ook.

'Heb jij niks?' Sharissa vraagt het beteuterd.

Isa bekijkt zichzelf onderzoekend. 'Nee, ik geloof het niet.'

'Maar ik zie er niet uit!' Sharissa

kijkt van haar eigen shirt naar Isa, die haar jas nog vast heeft, naar de tweeling en weer terug naar zichzelf. 'Shit.' Ze zegt tegen Isa: 'Jij moet even servetjes halen, hoor, ik ga zo echt niet naar binnen.'

Isa springt van het muurtje. 'Doe ik.' Ze legt Sharissa's jas neer.

Op weg naar de achteringang kan ze niet helpen dat ze glimlacht. Die Sharissa, zó verliefd. En dan nog wel op die engerd, haha! Het is maar goed dat ze niks durfde te zeggen, – stel je voor dat die *creep* bij hen was komen staan. Brr, Isa moet er niet aan denken!

Ze loopt naar binnen en meteen op de toonbank af. Ze ziet de stapel servetten, pakt er drie, vier – hoeveel heeft ze nodig voor een jas én een shirt én vieze handen?

Ze pakt gewoon maar een redelijke stapel, terwijl ze onwillekeurig de winkel in gluurt.

Dan ziet ze... Fleur.

Ze schrikt ervan, maar besluit zonder nadenken dat ze het volgende zal doen: ze ademt ontspannen door, ze pakt de servetten, ze draait zich om, ze stapt naar buiten – alsof ze geen bekend gezicht zag.

En blaast uit...

Zou Fleur haar gezien hebben? Vast niet, ze deed zo normaal mogelijk wat ze moest doen, het moet volkomen onopvallend geweest zijn. Ja toch?

Shit, ze hoopt maar dat Fleur haar niet heeft gezien, anders was het wel lullig dat Isa niks zei. Maar ze kan altijd nog zeggen dat ze Fleur niet heeft gezien. Toch? Ja, dat moet geloofwaardig zijn.

Ze baalt ervan, maar ze had echt geen keus. Want anders moest ze Fleur meenemen naar Sharissa en vandaag is gewoon geen goed moment om die twee aan elkaar voor te stellen. Dat komt later wel. Echt wel.

Het lijkt wel of je boos bent

De volgende ochtend ligt Isa nog in bed. Ze krabbelt een tekeningetje in een schrift, zoals ze zo vaak doet. Een figuurtje van zichzelf is het, dat is het enige dat ze een beetje kan tekenen (ook al zeggen anderen dat ze het supergoed kan). Het plaatje zegt heel overdreven: 'Was jij er óók? Goh, ik heb je niet gezien!'

Isa vindt het nu al rot dat ze misschien tegen Fleur moet liegen, maar het was het beste om te doen alsof ze Fleur niet zag. Echt waar.

Toch blijft het lullig, vooral omdat ze zo'n lieve ketting had gekregen – en vlak erna probeerde ze dwars door Fleur heen te kijken...

Shit, eerst maakte ze zich de hele tijd zorgen over vriendinnen krijgen. Over hoe dat moest nu ze naar een nieuwe school ging, en dat het vroeger, op de basisschool, allemaal veel simpeler leek omdat zij en Sharissa nou eenmaal altijd samen waren. Zo'n vanzelfsprekende, intieme vriendschap – hoe kreeg je die met anderen?

Daarna vroeg ze zich af óf ze nu vriendinnen was met Fleur en zo ja: hoe góéd waren ze dan samen?

Toen gebeurde het vrij onverwachts dat ze elkaar héél goed leerden kennen omdat Fleurtje viel en daardoor haar minderwaardigheidscomplex naar voren kwam. Dat ze dit van Fleur weet, maakt haar gedrag alleen maar nóg erger... Ze schudt haar hoofd. Proberen niet aan te denken. Hopelijk heeft Fleur niks gemerkt.

Vandaag wordt een gewone dag, besluit ze met gekruiste vingers, niks bijzonders. Alleen maar naar school en dan naar het huis van haar nichtje Kyra. Zij en haar moeder, Isa's tante, komen op visite, maar Isa moet er van mama eerst heen om te vragen of ze wc-papier mogen lenen, want dat is nu dus op.

Heeft zij weer. Denkt ze dat ze het mooi heeft geregeld door het wc-papier achter te laten in de supermarkt, maar in plaats daarvan heeft ze juist een groter drama voor zichzelf gecreëerd. Omdat...

– ze bij de kassa hardop 'wc-papier' moest zeggen en dat ze 'er' nog genoeg van hadden dus dat 'het' wel terug mocht. (Toen dacht ze nog even dat ze juist goed van het wc-papier-drama afkwam...)
– haar grote liefde Julian toen bij de kassa moest komen om met háár wc-papier onder zijn armen door de hele winkel te lopen
– haar vader uiteindelijk de boodschappen in de auto ging laden, dus Isa had er niet eens last van gehad
– terwijl ze 's avonds behoorlijk baalde dat er geen wc-papier was, toen het wél was gelukt om geruisloos te poepen terwijl mama visite had maar ze daarna dus een keel moest opzetten. (O, het was té erg...)
– ze daarna een halve dag haar billen heeft geveegd met koffiefilters
– en ze nu dus bij Kyra aan de deur om wc-papier moet vragen, omdat papa's pinpas nog steeds leeg is.

Dit wc-papier-moment zal niet bepaald een hoogtepunt van de dag worden – al zal Isa aan Kyra niet laten zien hoe ze zich schaamt. (Dat nóóit!) Stel je eens voor, zeg: dat zou

Kyra uitgebreid doorspreken met haar hippe lawaaiige der-dejaars-vrienden.

Nee, Isa zal met opgeheven hoofd om wc-papier vragen en ze weet heus dat tante Karin haar met alle liefde een rol meegeeft.

Die ze natuurlijk open en bloot door de hele stad zal moeten sjouwen, want haar schooltas zit overvol – al zal ze haar uiterste best doen er een rol bij te proppen! | 65

– En wedden dat ze Orlando/Julian juist vandaag weer tegenkomt?

Maar buiten dat, zou verder alles op rolletjes moeten lopen...

Vroeger, ooit, was Kyra een hartsvriendin. Isa keek ontzettend tegen haar op omdat ze twee jaar ouder is. Samen waren ze Kysa, zo noemden ze zichzelf: de eerste letters van Kyra en de laatste letters van Isa. Zelf vonden ze Kysa prachtig. Net als Isra, trouwens, dat was de geheime tweede naam die ze voor zichzelf hadden.

Ze gingen graag samen naar de speeltuin in de buurt en als ze dan ruzie kregen met andere kinderen, wat soms wel gebeurde, dan riep Kyra hun geheime code: 'Isra gaat los!' en begonnen ze tegelijk te schelden. 'Stomme trut, apenkop...'

Ontzettend kinderachtig, maar vroeger vond Isa het spannend en het werkte wél! Kinderen waren vaak zo overrompeld door hun uitbarsting van agressie dat ze vanzelf vertrokken en de nichtjes de speeltuin lekker voor zichzelf hadden.

Het gebeurde eigenlijk alleen als ze samen met Kyra was, dat Isa wel eens ruzie kreeg met anderen. Zelf was ze toen al vrij stil en ook onzeker. Behalve als ze met Kyra was, dan konden ze samen de hele wereld aan, net zoals Isa dat nu altijd met Sharissa kan.

Het was toen Kyra bijna twaalf was, en Isa nog negen, dat ze ineens ook gemeen werd tegen háár. Tijdens een middagje spelen had Isa bijvoorbeeld geroepen dat ze voortaan dezelfde kleding moesten dragen. Het was gewoon een ideetje. Maar ineens had Kyra haar aangekeken met een blik...

'Doe niet zo stom,' had Kyra alleen maar gezegd. Dat was de eerste keer dat ze Isa met minachting had bekeken, maar zeker niet de laatste. Wat een geluk voor Isa dat ze net daarvoor Sharissa had leren kennen!

Langzamerhand groeiden Isa en Kyra steeds verder uit elkaar. Kyra kreeg een vriendje en toen nog een en weer een... Ze zoent en vrijt en heeft al seks. Ze draagt kilo's make-up op haar gezicht, haar wangen zijn dichtgeplamuurd, het ziet er echt niet uit.

Steeds vaker hoorde Isa dat Kyra haar maar kinderachtig vond, en soms noemde Kyra haar ook ronduit een 'baby'.

Isa's moeder zei eerst dat Kyra nou eenmaal een puber was geworden en dat het vast wel bij zou trekken, maar dat is nooit meer gebeurd. Hoe langer Kyra zo stom bleef doen, hoe meer Isa haar een trut vond. Tegenwoordig kan Kyra haar echt gestolen worden.

Isa's gedachten worden onderbroken door haar computer: 'Tink'. Ze stapt uit bed.

Van: Sharissaisdemooiste@tekstnet.nl
Aan: Isarules@familieJonas.nl
Onderwerp: Isa snollebl!

Goeiemrgn slaapkpje! Als je een minirok aantrkt en een megakort hempje, mssgien stilettohakken, dan kan je die snollebl van een nicht gepast ontvngen. Als het lkt, kom ik je vanmiddag nog redden!

Lfs Shriz!

Isa glimlacht. Wat moest ze toch zonder Sharissa? Ze trekt de zeeblauwe broek van gisteren aan en doet er een grijs vest op. De vriendschapsketting van Fleur ligt in de badkamer, die doet ze om haar hals voor ze naar school vertrekt...

Ze was van plan vandaag onder de les van agenda's te ruilen en dingetjes in die van Fleur te schrijven. Zoals haar verjaardag, of bijvoorbeeld 'denk aan Isa' op gewoon maar een dag met een leuk tekeningetje erbij.

Maar Fleur heeft de hele tijd geen woord gezegd. Niet toen Isa op de fiets langs haar reed. ('Hé!' Isa zwaaide en Fleur antwoordde: 'O. Hoi.') En ook niet toen ze naast haar ging zitten in de klas. ('Hoi,' zei Isa – al een beetje op haar hoede. Fleur antwoordde: 'Mm.' Eigenlijk leek het meer op een grom.)

Toch duurt het nog een halfuur voordat Isa eindelijk durft te vragen: 'Is er iets?'

'Hoezo.' Fleur vraagt het niet, ze moppert het.

'Omdat je... nou, het lijkt of je boos bent.'

Fleur haalt haar schouders op. 'Weet ik veel.'

Verbaasd vraagt Isa: 'Ben je echt boos?'

Fleur zegt niks, maar kijkt veel te strak naar het bord – met zo'n blik die je alleen maar in je ogen hebt om te laten zien dat je *niet* naar iemand kijkt. Hun leraar heeft een wolk getekend, en water en grond, om de regencyclus te laten zien. In Fleurtjes schrift staat precies zo'n zelfde tekening.

Dan vraagt Fleur: 'Was jij gisteren bij de ijssalon?'

'Ik?' Isa schrikt van de vraag en stottert: 'Nee, volgens mij niet. Hoezo vraag je dat?'

'Ik dacht dat ik je zag,' fluistert Fleur nog altijd boos. 'Ik weet eigenlijk wel zeker dat jij het was. En jij zag mij ook.'

'Ik? Nee, ik...' Isa voelt hoe haar bloed door haar hoofd bonst.

'Je was met een tienermoeder,' gaat Fleur verder.

'Umpf, ik...' In een reflex schiet Isa in de lach – haha, Sharissa een tienermoeder! Maar ze herstelt zich direct en hapt naar adem.

Wat zal ze zeggen? Wat had ze van tevoren bedacht dat ze zou zeggen? Watwashetookalweer?

'Zo'n meisje met twee kindjes die ze niet in bedwang kon houden. Ik weet zeker dat jij het was.'

Isa zit klem. Fleur heeft haar echt gezien en herkend. Het wordt tijd dat ze de waarheid vertelt. Ze zucht.

'Dat was Sharissa.'

'O?'

Het lijkt zowaar alsof Fleur wat verzacht. Ze kijkt naar het bord als ze fluistert: 'Dus jouw beste vriendin is een tienermoeder?'

'Nee nee,' protesteert Isa kort. Maar omdat ze zelf geen betere smoes weet te bedenken, laat ze haar schouders hangen en zegt uiteindelijk (met inwendig een brede, brééde lach): 'Ja, Sharissa is een beetje zielig.'

Fleur kijkt Isa aan. Ze glimlacht. Ze legt haar hand op Isa's schouder. 'Wat fijn dat ze zo'n goede vriendin heeft,' zegt ze. 'Je bent heel lief.'

Met opgetrokken wenkbrauwen staart Isa glazig naar Fleur – die alweer naar het bord kijkt.

Hoe kwam ze hier nou in verzeild? Ze raakte in paniek, en eigenlijk was de situatie ook zo komisch, en verder heeft ze geen idee hoe het ging... Het kwam doordat Fleur al helemaal voor zichzelf had besloten wat de situatie van Sharissa was.

Isa zegt, pas lang nadat het gesprek al is afgelopen: 'Ja.'

wc-papier en ruzie

Omdat ze er vroeger zoveel kwam, voelt het huis van Kyra nog steeds vertrouwd voor Isa. Maar vandaag staat ze er natuurlijk toch ongemakkelijk in – met een heel pak wc-papier onder haar armen. 'Mama heeft maar één rol gevraagd,' had Isa gesputterd, maar tante Karin wilde daar niks van weten.

De hal is enorm, en de kroonluchter hangt statig boven Isa's hoofd. In de televisiekamer durft ze niet zomaar te gaan zappen, maar in de woonkamer kan ze zeker niet nu Kyra en haar vader er zo'n ruziemaken.

Kyra's vader, oom Ewout, is rood van boosheid.

'Kyra, kom terug, zeg je vader behoorlijk gedag.'

'Ja dá-hag.' Kyra kijkt niet naar haar vader en steekt geen hand op om te zwaaien.

'Kyra, als je niet normaal doet, krijg je nog meer straf.'

'En dan? Hou je me dan thuis tot mijn tachtigste?'

Het gezicht van haar vader ziet eruit als een ballon die elk moment uit elkaar kan klappen. Tante Karin haalt verontschuldigend haar schouders op, om aan te geven dat zij er ook niks aan kan doen.

'Als het moet, zal ik je zeker tot je tachtigste binnenhouden, ja.'

Kyra stapt beledigd naar de deur, rakelings langs Isa, alsof die niet bestaat. Ze trekt haar jas aan en gooit haar lange, blonde, geparfumeerde haren over de kraag.

'Pfft, je weet best dat je dat niet wilt, pa, want dan kan je niet meer werrekuh.' Ze spreekt het woord 'werken' uit alsof het om een goor gerecht gaat: 'werrekuh'.

Tante Karin probeert de sfeer wat op te vrolijken door te

zeggen: 'Maar we gaan naar Isa en tante Selma. Dat is toch leuk?'

Met een chagrijnige toon zegt Kyra: 'O hoi, naar tante Selma.'

Dat schiet Isa in het verkeerde keelgat. Het liefst zou ze naast oom Ewout gaan staan argumenteren dat het inderdaad het beste is om Kyra tot haar tachtigste binnen te houden. Ja toch zeker…? Isa's moeder is superlief en Kyra moet niet het gore lef hebben om haar moeder te beledigen!

Maar in plaats daarvan, trekt ze slechts een wenkbrauw op en denkt: Waarom gaat Kyra mee als ze er zo chagrijnig over doet?!

'Het is beter dan je huisarrest,' vindt tante Karin.

Nou, het is wel duidelijk dat het laatste millirestje zin dat Isa had in deze middag, op slag verdwenen is.

Haar tante glimlacht naar Isa zoals een dokter glimlacht naar iemand die een prik moet. 'Ik vind het heel leuk dat we bij jullie op bezoek gaan,' zegt ze.

Isa schrikt van het boze gebulder van haar oom.

'Iemand moet dit allemaal betalen. Waar denk je dat de kleren aan je kont vandaan komen? Uit de hemel gevallen soms?'

Kyra haalt haar schouders op. Ze mompelt onverstaanbaar.

'Wat zeg je!' Haar vader stelt de vraag als een bevel.

'Niks.' Kyra draait op haar hakken. Een sierlijk rondje is het, maar daardoor tegelijk zo respectloos.

'Wat zei je, nú!'

Kyra zegt: 'Ik ben anders niet degene die zonodig een eigen badkamer moest, of zes slaapkamers. Dat zei ik.'

Haar vader ziet er ineens wat hulpeloos uit, zo, in zijn maatkostuum en toch niet in staat de discussie met zijn dochter te winnen. Hij wijst in de richting van zijn grote werkkamer en briest: 'Daar werk ik voor ja, heel hard. Voor jou en je moeder. En als het je niet bevalt, zoek je zelf maar een baantje. Trek trouwens eens wat behoorlijks aan. Karin! Gaat Kyra zo over straat?!'

Kyra zegt: 'Zo ga ik al weken over straat, maar het kan nog korter hoor.' Ze trekt de band van haar rokje hoger over haar heupen.

'Doe een broek aan, nu.'

Kyra sist tussen haar tanden. 'Ga jij nou maar werken.'

Arme oom Ewout. Isa heeft echt met hem te doen. Zoals hij daar verloren staat te staan, tussen de kalfsleren banken en de glazen salontafels die zo prachtig bij elkaar passen.

'Hoe kom jij zo brutaal?' zegt hij. 'Komt dat door die vrienden van je?'

Oei, kennelijk heeft hij een snaar geraakt, want Kyra verliest haar hooghartige toon en schreeuwt: 'Die hebben er niks mee te maken.'

'Als dat je echte vrienden waren, juffie, zouden ze je thuis ook wel bezoeken nu je huisarrest hebt, knoop dat maar in je oren.'

Kyra gilt, ze krijst en haar gezicht loopt rood aan. 'Dat weet ik ook wel.' Ze beent weg, de trap op. Tante Karin wisselt opnieuw een gepijnigde blik met Isa.

Oom Ewout kijkt zijn vrouw aan. 'Wat moet ik daar nu mee?'

Tante Karin zucht alleen maar. 'Weet ik niet...'

'Ze is verwend, ja toch?' Hij fluistert het. 'Moet ik haar maandgeld afnemen? Zelf een baantje voor haar zoeken?'

Tante Karin haalt haar schouders op. 'Laten we dat een andere keer bespreken.' Lijkt het maar zo, of laat ze haar blik even op het achterhoofd van Isa rusten?

Oom Ewout pakt de leuning van de eikenhouten trap en roept omhoog: 'Kyra, kom terug en zeg je vader behoorlijk gedag want jullie moeten gaan.'

Boos komt Kyra de trap afgestampt. Ze roept: 'Ja dag!' Ze trekt de voordeur open en smijt hem achter zich dicht. Isa en haar tante moeten er maar achteraan zien te hobbelen.

De hele weg naar Isa's huis zegt Kyra geen stom woord. Ze sloft een paar meter achter hen aan, met een verveeld hoofd. Hoe langer het duurt, hoe meer Isa weer een hekel aan haar krijgt.

Van: Isarules@familieJonas.nl
Aan: Sharissaisdemooiste@tekstnet.nl
Onderwerp: Zonder jou...

Lieve Sh@ris,

De Sn0l is in the house – argh! Je wilt niet weten hoe ze erbij
zit: in een MEG@korte minirok. Eigenlijk loopt ze gewoon in
een brede riem, want een r0k is dat stukkie st0f niet meer te
noemen. Moet de hele tijd m'n best doen om niet in d'r
jEwEEtwEl te kijken. Help!

Z0en van Moi

Isa drukt op 'send' en zucht.

Kyra heeft haar wimpers zo zwart gemaakt dat ze aan
elkaar plakken. En haar wenkbrauwen zijn heel donker
gekleurd. Dat is geen gezicht bij haar wit geblondeerde
haren.

Ze zit superchagrijnig om zich heen te kijken. Wat een
trut, zeg. Hoe is het mogelijk dat zo'n leuk nichtje uitgroeit
tot zo'n achterlijke bitch.

De meiden zeggen al de hele middag niks tegen elkaar.
Isa is gewoon gaan msn-en met buurtgenoten. (Ja, dacht
ze, bekijk het dan ook maar.) Maar de moeders ratelen des
te meer – vooral over het geruzie tussen Kyra en haar vader
natuurlijk.

Op zich is Isa dat gebabbel van mama en tante Karin wel
gewend. De moeder van Kyra is de oudere zus van Selma, ze
schelen maar twee jaar. Normaal wordt Isa altijd wat gie-

chelig van hun geklets, maar dit keer... zitten ze de Hele Tijd over hun dochters te praten.

Not good!

Volslagen tegen haar zin weet Isa dat Kyra huisarrest heeft omdat ze een uur te laat thuiskwam toen ze was uit-gegaan – nota bene stiekem met een jongen in plaats van met de vriendin die ze had gezegd.

En nu begint mama Selma óók nog eens over háár te ver-tellen. Waar Kyra bij zit! En niet een leuk of cool verhaal, nee, ze vertelt over Isa alsof ze de SuperSul van de eeuw is.

Hallooo, moet dat?!

'Isa heeft zo'n leuke vriendin gevonden in de brugklas,' kakelt ze. 'Dat was best spannend omdat ze – nou ja, ze zag er toch wel tegenop.' Nu begint mama vet stom tegen tante Karin te knikken en zegt: 'Wat een opluchting hè, dat het zo goed gaat?'

Kennelijk voelt ze zich daarna toch wat roddelig, want ze probeert ineens Isa erbij te betrekken door te zeggen: 'Toch, Isa?'

'Ik luister niet,' zegt Isa kortaf.

Mama schenkt Karin nog een glas rode wijn in en gaat door: 'Gisteren is Isa bij haar klasgenootje huiswerk gaan maken.'

Isa zucht mega-hard: 'Ze heeft een naam hoor.'

'Sorry,' roept mama terwijl ze richting Karin haar lachen inhoudt. Dan zegt ze: 'Ze ging bij haar vriendinnetje Fleur huiswerk maken. Fijn toch, dat is echt een pak van mijn hart.'

'Alsof ik debiel ben,' sputtert Isa.

'Wat? Hè?' Mama kijkt op.

Ziet Isa het goed en moet Kyra bijna per ongeluk lachen om wat Isa zei? Ach, wat kan het haar schelen...

'Alsof ik debiel ben,' herhaalt Isa chagrijnig. Ze tikt op haar toetsenbord en als mama haar nog steeds niet-begrijpend aankijkt, zegt ze geïrriteerd: 'Alsof ik geen vriendinnen kan maken.'

Mama stottert: 'Nou, Isa, je hebt soms best een beetje moeite met het idee–'

RING!

Saved by the bell.

Isa springt op. 'Dat is vast Sharissa,' zegt ze nog steeds mopperig. 'Omdat ik namelijk geen vriendinnen heb.'

Ze doet de deur open en ziet tot haar opluchting haar vriendin staan.

'Ik zag je mail,' zegt Sharissa.

'Gelukkig ben je er.' Isa stapt de deur uit en fluistert tegen Sharissa: 'Kyra zegt geen stom woord en mijn moeder kletst uit d'r nek.' En op normale toon: 'Zullen we gaan winkelen?'

Sharissa knikt. 'Goed, maar eerst die mega-minirok zien.'

'O ja, lachen.'

Met een zo neutraal mogelijk gezicht zwiept Isa de woonkamerdeur wijd open en zegt: 'Ik ga even met Sharissa weg.'

'Maar je hebt visite,' werpt mama tegen.

Isa haalt haar schouders op. 'Ik heb geen visite. Ik heb hier iemand met straf.' Uit haar ooghoeken ziet ze dat Kyra met haar ogen draait, maar dat kan Isa niks schelen. Moet ze maar niet zo stom zitten te zwijgen. Isa voelt zich echt niet geroepen om haar mee naar buiten te vragen.

Gelukkig begint tante Karin te knikken. 'Ze heeft gelijk.' En tegen Isa: 'Ga jij maar lekker de stad in, meid. Je hebt het verdiend.' Ze grijpt haar portemonnee en tovert er een biljet van twintig euro uit. 'Koop maar iets leuks voor jezelf.'

'Nee, Karin,' komt mama tussenbeide. 'Dat hoef je echt niet te doen.'

'Weet ik toch.' Voor het eerst vandaag heeft tante Karin

een ontspannen, brede glimlach op haar gezicht. Ze wappert met het briefje. 'Hier, pak aan. Geniet van de koopavond.'

Isa zegt 'Dank u wel' en pakt snel het geld voordat mama opnieuw probeert haar tante tegen te houden.

Sharissa doet nauwelijks moeite om ónopvallend de kleding van Kyra te bekijken.

'Leuke rok,' liegt ze. En dan zegt ze, volkomen onverwacht: 'Leuke ketting ook.'

...en de wereld stond stil...

Isa gilt 'Aarrgh', maar gek genoeg lijkt er geen klank uit haar keel te komen. Iedereen in de kamer kijkt normaal (nou ja, ze kijken zoals ze altijd doen).

Sloom voelt Kyra aan haar hals. 'Ik heb geen ketting om.'

Niemand ziet hoe Isa is begonnen duizend doden te sterven.

Het bloed trekt uit haar wangen,
uit haar hoofd,
ze wordt duizelig...

Isa ziet sterretjes. Ze hapt naar adem. Zekangeenademmeerhappen, zekrijgtgeenluchtzekrijgtgeenlucht...

'Nee joh, ik bedoel natuurlijk de ketting van Isa.'

Isa werpt zich aan de voeten van Kyra. Ze steekt haar gezicht de lucht in, zodat de ketting onder Kyra's neus uitkomt... Dat heeft ze allemaal gedaan, echt, maar gek genoeg zijn haar voeten aan de grond genageld blijven staan. Op de plek waar ze steeds al stond, staat Isa nog altijd met open mond af te wachten wat er gaat gebeuren.

Kyra zegt: 'Ik weet van niks.'

Isa lacht harder dan goed voor haar is: 'Jawel joh, haha, Sharis bedoelt deze oude, die ik van jou heb gekregen omdat jij hem niet meer wilde.'

En dan heeft Kyra eindelijk – eindelijk! – door wat de bedoeling is.

Ze zegt: 'O, je bedoelt die ketting van mij?'

'Ja!' Zoals Isa de klank uitstoot, lijkt het op juichen. Bijna had ze haar beide armen erbij de lucht in geworpen. Kyrabegrijpthet – hoerahoera – Nuzalzehetwelmeespelen…

Maar dan gebeurt het. De ogen van Kyra veranderen van kleur. Van donkerbruin worden ze bijna zwart. Alle glans is verdwenen en de chagrijnigheid is pure boosaardigheid geworden.

Ze zegt: 'Maar ik heb jou helemaal geen ketting gegeven.'

En velt daarmee Isa's doodvonnis.

Sharissa, die natuurlijk niet heeft meegekregen wat zich non-verbaal allemaal heeft afgespeeld, vraagt: 'Jawel, toch?' Ze pakt Isa's hangertje en laat de vriendschapsketting van Fleur zien. 'Deze.'

Kyra schudt haar hoofd. 'Niet van mij.'

De stilte die valt is intens.

Sharissa's mokkabruine kleur heeft een grijzige gloed gekregen. Isa is niet bleek, maar juist rood geworden, en haar hart slaat zo hard dat het bij de buren te horen moet zijn. Zelfs mama en tante Karin staken hun gesprek om te zien wat er gebeurt. Maar Kyra lijkt zich voor het eerst vandaag te kunnen ontspannen.

Ze grinnikt gemeen en zegt: 'Volgens mij heeft Isa een geheim vriendje.'

Pas nu laat Sharissa Isa's hand los – die valt slap omlaag als een afgehakt hoofd. Ze zegt: '…of een geheim vriendinnetje' en draait zich om.

'Sharis?' vraagt Isa op smekende toon.

'Ik ga.' Nog nooit heeft Sharissa's stem zo kil geklonken.

'Sharis, we gaan toch samen shoppen?'

'Nee.'

Fok, wat moet Isa doen? Ze voelt de ogen van Kyra in haar rug prikken. Die zou het wel geweldig vinden als Sharissa zich ter plekke zou omdraaien om Isa de huid vol te schelden.

'Echt niet?' Shit, zo klinkt het alsof ze zich al gewonnen geeft. 'Sharis, niet zo snel...' zegt ze. Maar het helpt niet meer. Sharissa stapt de deur uit en gooit die – boem – hard achter zich dicht.

Wat nu, wat nu?

Moet ze erachteraan? Haar jas aan, geld mee en ijsjes kopen bijvoorbeeld? Op straat gaan zeggen dat Sharissa nou eenmaal zo jaloers is en dat Isa niet wist wat ze ermee moest?

Ze zou naar Sharissa's huis moeten gaan en eisen dat Sharissa met haar sprak – eerlijk en redelijk. Dat ze heus wel een tweede vriendin mag hebben, en dat het echt niet betekent dat Sharissa minder leuk is geworden.

Maar Isa doet niks van dat alles. In plaats daarvan blijft ze staan in de gang van haar huis. En kijkt nog even naar de dichtgeslagen deur. Pas als ze tranen voelt opwellen, draait ze zich om en loopt de trap op naar haar kamer. Ze wil nooit meer naar beneden komen.

Smeekbedes

Die avond brengt Isa op haar kamertje door. Achter de computer. En krassend in haar schrift. Wat moet ze doen? Wat *kan* ze doen?

Is ze nu voor de rest van haar leven een vriendin kwijt? Haar Enige Echte Vriendin?

Van: Isarules@familieJonas.nl
Aan: Sharissaisdemooiste@tekstnet.nl
Onderwerp: Sorry!

_____

Lieve *Sh@ris*,

Het spijt me dat ik niet heb gezegd dat de ketting van Fleur was. Maar ik was bang dat je boos zou worden, omdat jij liever niet wil dat ik met haar omga. Ik zal voortaan alles eerlijk vertellen, goed?

Het spijt me,
Isa.

Van: Isarules@familieJonas.nl
Aan: Sharissaisdemooiste@tekstnet.nl
Onderwerp: Vergeef me!

_____

Heb je mijn mailtje al gezien? Hopelijk wil je me vergeven, Sharis.
Niet boos blijven, hoor.

Luv joe,
Isa.

Van: Isarules@familieJonas.nl
Aan: Sharissaisdemooiste@tekstnet.nl
Onderwerp: Zonder jou...

Lieve *Sh@ris*,

Vind je het goed als ik morgen langskom om alles uit te praten? Als je liever wilt, kan ik je ook bellen. Je checkt de mail toch wel?

Isa.

Van: Isarules@familieJonas.nl
Aan: Sharissaisdemooiste@tekstnet.nl
Onderwerp: Zonder jou...

Lieve Sh@rissa,

Ben je al gaan slapen? Ik baal dat ik niks van je heb gehoord. Schrijf je me ajb snel terug als je mijn mails hebt gekregen? Ik vind het heel erg dat je boos op me bent geworden. Laten we alsjeblieft snel uitpraten. Ik ben niks zonder jou!

Liefs van je vriendin,
Isa.

We hebben het voor elkaar!

De volgende ochtend ligt Isa niet lekker te *snoozen*, integendeel. Met rode ogen staart ze naar haar computer. Wanneer gaat Sharissa eindelijk reageren? Hoe lang zal ze boos blijven? Zal Isa ooit de moed opbrengen om naar het huis van Sharissa te gaan? Of haar zelfs maar te bellen? Mailen durft ze nog net, maar daar reageert Sharissa niet op. (Eigenlijk vreest Isa ook het moment waarop Sharissa wél zal replyen, want bij een geschréven scheldkannonade zou ze het alsnog achter haar computer begeven...)

Shit, er moet toch een manier zijn om dit op te lossen – een manier die niet zo vreselijkafschuwelijkhartslagverhogend eng is?

Naast de computer liggen losse blaadjes met tekeningetjes die Isa heeft gemaakt terwijl ze wachtte op het antwoord dat alsmaar niet kwam.

Ze heeft zichzelf getekend als rot-vriendin die een mes in de rug van iemand anders ging steken.

Als zielig meisje dat werd verlaten door haar beste vriendin...

Als mikpunt van spot van Kyra...

Ze graait wat in de berg kleren-die-ze-niet-heeft-opgeruimd en voelt de moed in haar schoenen zakken. Wat moet ze nou aan?

In spijkerbroek en een oranje shirt komt ze uiteindelijk beneden, bij de ontbijttafel waar ze nu eens aan blijft zitten. Haar moeder moet vandaag werken, en die kijkt haar dochter aan met zo'n blik...

'Gaat het?' vraagt ze.

Isa begint een boterham te smeren en knikt.

'Wil je me vertellen wat er is gebeurd?'

Isa schudt haar hoofd.

Mama doet hagelslag op een beschuit. 'Niet bang zijn om je gevoelens uit te spreken, hoor schat. Misschien is het tijd om hulp te vragen?'

Isa schudt opnieuw haar hoofd, en omdat ze tranen voelt opwellen, neemt ze haar boterham toch mee naar boven. Waar nog steeds geen mail van Sharissa is binnengekomen...

Ze hoeft niet eens zo ver te fietsen naar school, tien minuutjes of zo. Maar Isa doet er bijna dubbel zo lang over. Elke keer lopen haar ogen vol, wordt de stoeprand troebel en kleurt het fietspad rozerood.

Ze zucht.

Ze wou dat er niemand anders op de weg was, dat niemand kon zien hoe ze haar uiterste best doet om haar verdriet te verbijten – maar toch steeds moet stoppen om haar tranen weg te deppen.

Dat doet ze voorzichtig, dat deppen, zodat ze geen rode vlekken op haar wangen krijgt. Omdat ze nog steeds hoopt dat ze straks kan doen alsof er niks met haar aan de hand is. Ze moet er niet aan denken dat iedereen kan zien hoe huilerig ze is. Ze voelt nu al steeds de ogen branden van automobilisten die ze niet kent – en die trouwens waarschijnlijk niet eens naar haar kijken. Daar-fietst-een-eenzaam-meisje-dat-nauwelijks-haar-tranen-kan-bedwingen...

Op het laatste nippertje rijdt ze het schoolplein op. Om zo min mogelijk kans te lopen met iemand te moeten praten.

Het zou ook vreselijk zijn als een van haar klasgenoten tijdens het stoeien tegen haar aan zou botsen (een jongen natuurlijk, het zijn altijd de jongens...) en Isa zou vervolgens luid brullend op de grond liggen.

Ze is zo kwetsbaar nu.

Of als een lollige bovenbouwer 'Aan de kant, brugpieper' zou snauwen, en Isa diegene met een rood betraand gezicht zou aankijken. (In gedachten hoort ze de puber al zeggen: 'Jezus, zag je dat? Die brugpiepers kunnen nergens meer tegen.')

Het allerergste, beseft Isa, zou het natuurlijk zijn als Fleur naar haar toekwam, vriendelijk als altijd. Als ze zou vragen hoe het gisteren was, met haar tante en nichtje. En Isa zou moeten veinzen dat het een prima dag was geweest; niks verkeerds en niks bijzonders. Pfft, dat trekt ze nu echt niet.

Gelukkig gaat de bel zodra ze haar fiets op slot zet. Dat is alvast één kleine meevaller. Isa kruist haar vingers en hoopt maar dat ze de rest van de dag nog meer van zulke gelukjes zal hebben. Of in ieder geval niet weer zoveel pech als gisteren.

Fleurtje zit al aan hun tafel als Isa de klas inloopt. Ze lacht breder dan normaal. Ze schuift over haar stoel. Ze wuift met haar hand: kom snel, kom zitten!

In de klas is het een oorverdovend lawaai van tassen die op tafels worden gekwakt, van jongens die hun vriend tegen de bovenarm stompen en een duw terugkrijgen, van meisjes die kletsen over de vorige dag.

Isa zucht en glimlacht. Ze haalt diep adem. Haar ogen prikken niet meer zo, ze zijn vast niet meer zo rood. Langzaam krijgt ze zichzelf weer onder controle. Ze gaat naast Fleur zitten.

'Het is gelukt,' zegt die blij. Ze pakt Isa bij haar bovenarmen en zegt: 'We hebben het voor elkaar!'

'Wat? Wat heb je...'

'De computerverbinding!' Fleur kijkt alsof ze het miljoen heeft gewonnen. 'Delano en Tijn en ik – we kunnen het!'

'Bedoel je... het programmeren? Maar dat is fantastisch!'

Eerlijk gezegd snapt Isa niet helemaal precies wat het is, dat Fleur en haar broer nu kunnen. Het is een soort ontdekking, dat is wel duidelijk. En je moet er goed voor met computers kunnen omgaan, dat ook. Maar om te weten wat het inhoudt, moet je op zijn minst *iets* van computers snappen, en dat is bij Isa natuurlijk niet het geval. Die roept altijd overal haar vader voor.

Fleur lacht. 'Je snapt het niet, hè?'

Isa trekt verontschuldigend haar schouders op.

'Weet je wat, kom vanmiddag mee naar mijn huis. Delano en Tijn zijn er ook. Dan laten we het je zien, het is echt supertof.'

Isa knikt. Leuk, dan heeft ze vanmiddag iets te doen om haar gedachten te verzetten. Zie je wel, dat is een tweede gelukje, nog vóórdat school begonnen is. Misschien hoeft vandaag niet zo'n erge dag te worden.

Meneer Van Arkel komt binnen, hun leraar maatschappijleer. Fleur heeft haar schrift al klaargelegd, en pakt nu meteen haar pen. 'Ssst,' zegt ze tegen niemand in het bijzonder.

Isa glimlacht; langzamerhand begint ze eraan te wennen dat Fleur in de les zo ijverig meedoet.

'Wie heeft vanmorgen de krant gelezen?' begint Van Arkel zijn les. En hij schudt meewarig zijn hoofd als hij maar drie vingers telt...

'Vertel je me straks wat er met jou is?' vraagt Fleur zachtjes.

'Hm?'

'Waarom je hebt gehuild.'

'Ik heb niet ge–'

'Ssst,' doet Fleur weer, als in een reflex. 'Hij kijkt naar ons.'

Bedoel je dat het mijn schuld is?

In de grote pauze spreekt Fleur Isa er weer op aan. Het is | 85 een drukte van jewelste op het plein, maar toch zitten Isa en Fleur redelijk rustig op een bankje.

'Nu hebben we tijd om te praten,' knikt Fleur. 'Vertel het maar.'

Isa kijkt haar aan zoals een verlegen kleuter naar haar juf kijkt. 'Vertellen? Wat moet ik vertellen?'

'Wat er met je is.' Fleur heeft haar bovenlichaam helemaal in Isa's richting gedraaid. Nou zeg, als Fleurtje een luisterend oor biedt, is het ook meteen een Groot Niet Te Vermijden Oor, haha!

Isa haalt haar schouders op. Ze zit er een beetje lullig bij, zo, met haar lunchbox op schoot. 'Er is niks.'

'Doe niet zo raar, je kunt het wel zeggen, hoor. We zijn toch vriendinnen?'

'Ja.' Isa knikt schaapachtig. 'Dat is nou juist het probleem.'

Fleur veert een stukje omhoog – of lijkt dat maar zo – en zegt: 'O?'

'Nee nee.' Isa glimlacht laf. 'Er is niks met jou.' Ze houdt haar adem in; ze moet uitkijken dat ze niet Fleur óók nog boos maakt – anders moet ze samen met haar vader de dagen eenzaam thuis op de bank gaan doorbrengen... Hoorbaar ademt ze weer uit. 'Maar doordat ik jou zie, heb ik eigenlijk wel ruzie gekregen met Sharissa.'

'Omdat je mij ziet?'

Isa zegt: 'Door de ketting.'

'Had ik je die ketting niet mogen geven?'

'Jawel, jawel.'

Pfft, Isa voelt het zweet op haar rug. Het is belangrijk dat ze voorzichtig tegen Fleur praat. Die is hypergevoelig voor wat mensen zeggen, en ze reageert zo destructief op slecht nieuws. Isa moet er niet aan denken dat ze door háár weer in haar knie zou gaan snijden. Nee, ze moet haar uiterste best doen om Fleur te vertellen wat er is, zonder haar te kwetsen of te beledigen.

Fleur zegt: 'Is Sharissa dan niet blij dat je een vriendin erbij hebt?'

'Jawel, tenminste... jawel.'

Het is lastig, want Isa weet óók dat Fleurtje zomaar uit haar slof kan schieten – ogenschijnlijk zonder goede reden, zoals toen ze was gevallen bij het dierenvoer. Zwetend vraagt ze zich af of ze dan helemaal niemand kent die níét boos op haar kan worden?

Ze moet Fleur vertellen wat er is, vooral nu ze heeft toegegeven dat er *iets* is.

Ze schraapt haar keel en fluistert: 'Eigenlijk weet Sharissa nog niet dat we vriendinnen zijn.'

'Doe niet zo raar.'

Isa slaat haar ogen neer.

'Maar ze heeft de ketting toch gezien?'

Isa knikt met een gebogen hoofd.

Fleur kijkt haar langdurig aan – Isa vóélt dat ze dat doet. Eigenlijk verwacht Isa een boze stem te horen, maar in plaats daarvan praat Fleur zijdezacht als ze vraagt: 'Durfde je dat soms niet te vertellen?'

Verrast kijkt Isa op. Ze ziet het begripvolle gezicht van Fleur, ze is niet boos of beledigd zoals Sharissa zou zijn.

Zie je, misschien kan ze haar verhaal toch wel aan Fleur kwijt. Dus schudt Isa haar hoofd, dankbaar voor zoveel begrip. 'Sharissa kan nogal jaloers zijn.'

'Ja, maar ze kan je toch niet opeisen? Jij kan je hele leven toch niet aan haar wijden zodat zij alsjeblieft maar niet jaloers wordt?'

Op het schoolplein scheurt Kyra met een scooter rakelings langs andere scholieren voordat ze de weg op sjeest, samen met een vriendin die achterop zit. Hun vriendengroepje moet lachen, maar er zijn ook veel mensen die het – net als Isa – belachelijk vinden wat ze doet. Kyra is vijftien, ze mag nog helemaal geen scooter rijden. Maar kennelijk heeft ze haar vader weer eens zover gekregen om toch zo'n ding voor haar te kopen, een paar maanden vóór haar zestiende verjaardag. Heeft ze nodig om indruk te maken of zo...

Fleurtje praat verder. Ze zegt: 'Misschien is het ook niet gemakkelijk voor Sharissa om zo jong kinderen groot te brengen en dan óók nog vriendinnen te houden.'

Isa knikt met een gepijnigd gezicht – dit gaat nu echt te ver...

Ergens klopt het wel wat Fleur zegt, Sharissa moet tenslotte vaak op de tweeling passen. Maar misschien is het tijd om de héle waarheid boven water te brengen. Vooral nu Fleur alles zo goed kan begrijpen.

Dus zegt Isa: 'Maar, eh... eigenlijk is Sharissa gewoon de zus van die kinderen.'

'Wat zeg je?'

Isa kucht. 'Ze is de zus, niet de moeder.' Als ze het gezicht van Fleur ziet, haast ze zich om erachteraan te zeggen: 'Maar ze moet wel vaak op ze passen.'

Met een iets té opzichtig gebaar doet Fleur: 'Hè?!'

Isa kijkt haar met grote ogen aan. Ogodtoch, schiet het door haar gedachten. Ditwasdushetverkeerde, ditwashelemaal verkeerd.

'Maar jij zei dat ze een tienermoeder was!'

Van de zenuwen is Isa begonnen met haar been heen en weer te wippen.

'Nee,' zegt ze. Ze pakt een streng van haar haren en begint haar vinger erin te draaien. 'Maar ik heb ook niet gezegd dat ze níét–'

'Bedoel je dat je zo gemakkelijk tegen me liegt?!'

'Nee nee.' Isa voelt haar bloeddruk stijgen. Ze doet haar uiterste best om haar gedachten geordend te houden.

Fleur zegt boos: 'Het wordt me nu echt te veel, Isa.'

'Ik heb niet gelogen.'

'O nee?!' Als Fleur boos wordt, begint ze niet te schreeuwen.

Nee, Fleur doet iets dat misschien nog wel erger is. Ze kijkt streng als de heks uit een kinderfilm. Ze praat als de boze stiefmoeder uit oude sprookjes – vlak voordat die haar kindertjes laat doden, opsluiten of vergiftigen... Haar ogen krijgen een boosaardige vorm.

'Je hebt anders nooit gezegd dat ze géén tienermoeder was.'

Wat was er ook alweer zo grappig aan de vergissing? Waarom heeft Isa pasgeleden Fleur niet verbeterd? Watwasderedenwatwashetookalweer?

Isa weet niks meer te zeggen, maar Fleur kan nog wel meer bedenken. Ze legt haar ene vinger tegen de wijsvinger van haar andere hand, om de tel bij te houden.

'Eerst zeg je me dat je een probleem hebt omdat ik jouw vriendin ben. Dan is het omdat ik je een cadeau heb gegeven.'

Fleur heeft nu twee vingers in de lucht, en doet er een derde bij.

'Je hebt niet eens tegen Sharissa gezegd dat ik jouw vriendin ben, *was*, nee *ben* –ik weet het even niet, hoor. En ten vierde heb je glashard tegen me gelogen dat zij in haar eentje twee kleine kinderen opvoedt.'

Fleur staat met kracht op, een beweging die wordt versterkt door het lawaai van Kyra's langsscheurende scooter. Die rijdt weer terug het plein op; de pauze is bijna voorbij. Dan zegt ze, alsof het de genadeslag is, de dolkstoot die Isa voor altijd tegen de grond moet houden: 'Ik dacht dat het leuk was om nieuwe vrienden te maken. Maar sinds ik jou die ketting gaf, doe je raar.'

Dan gaat de bel, en Fleur zegt geheel overbodig: 'De bel gaat' voor ze zich omdraait en naar de klas loopt.

Isa blijft achter. Naar adem happend. Wat is er gebeurd, watskeburt…?

90 | De hele middag zegt Fleur niks meer tegen Isa. Drie lange, gespannen lesuren. Isa ondergaat het zwijgend, met een knoop in haar maag.

Wat moet ze doen? Ze kan moeilijk onder de les beginnen met uitpraten. Ten eerste zou Fleur niet meepraten omdat 'de les is begonnen'. Bovendien zou ze straf krijgen van hun leraar.

En dan nog… wat moet ze zeggen? Dat het niet slecht bedoeld was? Dat ze nou eenmaal niemand boos wilde maken?

Want dat was écht wat het was.

Ze wilde Sharissa niet jaloers maken toen die zo duidelijk tegen een vriendschap met Fleur bleek te zijn.

En Fleur wilde ze ook niet kwetsen, niet alleen omdat ze zo'n minderwaardigheidscomplex bleek te hebben, maar vooral omdat ze haar echt aardig vindt.

Maar ja, daardoor is nu juist iedereen dus kwaad…

Isa legt haar hoofd in haar handen. Ze krast wat in haar schrift.

En straks? Wat moet ze na schooltijd doen?

Fleur heeft gevraagd of ze meeging om naar de leuke ontdekking op de computer te kijken, maar dat was vóór hun gesprek. Isa weet niet of ze nog steeds welkom is.

Nu is er niks dat ze kan doen.

Als ze wil laten zien dat ze wel begrijpt dat Fleur te boos is om vanmiddag samen te zijn, en als ze daarom meteen naar huis gaat, wordt Fleur misschien wéér boos omdat ze de afspraak niet nakwam.

Maar als ze vraagt of ze nog wel mee mag, geeft ze Fleur

juist gelegenheid om te snauwen dat ze Niet Langer Vriendinnen Zijn. En dat wil Isa zeker niet...

Isa zucht terwijl ze met haar gezicht op haar tafeltje ligt; ze voelt haar eigen adem langs haar arm glijden. Wat een ongelooflijk rampzalige klotedag is dit.

Sharissa zou zeggen dat het een B-dag is. In tegenstelling tot een A-dag die betekent dat het top gaat. Het liefste zou Sharissa op zo'n B-dag vloeken dat het een Kloterige Kutdag is, maar dan krijgt ze van haar moeder op d'r kop. Dus houdt ze het bij een B-dag. Behalve als ze bij de ijssalon zijn, want daar krijgt Sharissa haar grote mond terug en gooit ze al haar frustraties eruit.

'Ze vloekt als een bootwerker,' heeft papa eens geschokt gezegd. Bij deze herinnering kan Isa een flauwe glimlach niet onderdrukken.

Ze zal de dag moeten ondergaan.

Ze ondergaat de dag.

Zucht...

Ze heeft geen idee hoe ze de dag is doorgekomen als eindelijk de bel gaat.

Vermoeid gaat Isa rechtop zitten. Ze kijkt naar Fleur, die haar tas al heeft ingepakt en opstaat zonder Isa een blik waardig te achten. En de klas uit loopt.

Isa schrikt van Fleurtjes haast. Snel smijt ze haar boek en schrift in haar tas en hobbelt achter Fleur aan. Ze zegt nog 'Wacht', maar veel te zacht om verstaanbaar te zijn.

Fleur loopt met stevige pas over het plein, naar de fietsenstalling. Hun fietsen staan niet naast elkaar, dat lukte niet omdat Isa vanmorgen als een van de laatsten aankwam. Maar ze staan niet zo ver uit elkaar dat Isa Fleur uit het zicht verliest bij het zoeken naar haar sleuteltje.

Fleur doet haar tas onder de snelbinders. Ze zet haar voet op de trapper, ze hupt een paar keer en... vertrekt.

Isa's mond valt open als ze Fleur nakijkt. Ze wist wel dat het een mogelijkheid was. Nu het echt gebeurt, voelt ze het. Aan de teleurstelling in haar buik. Dat ze dit toch niet had gedacht. Dat Fleur zomaar weg zou fietsen zonder nog iets te zeggen. Zelfs geen grommerig 'Dag'. Helemaal niks.

Isa wil best een stapje opzij doen voor andere scholieren met haast. Maar dat lukt haar niet. Dus schampt iemand met zijn rugzak tegen haar schouder. En krijgt ze een handrem tegen haar elleboog. Een duw in haar rug. En al die tijd staat ze met die open mond te staren naar de weg waarin Fleur verdween.

Isa opent haar fietsslot, maar het is alsof het haar eigen handen niet zijn. Ze loopt met haar fiets aan de hand van het plein, en haar benen voelen alsof er gewichten aan hangen, alsof haar voeten klompen van staal zijn geworden. Langzaam lijkt het nare gevoel uit haar buik omhoog te kruipen. Richting haar keel, die langzaam wordt dichtgeschroefd.

Isa slikt, maar de brok gaat niet weg. Ze voelt hoe haar wangen dikker worden, en zwaarder, alsof iemand er een laagje modder op heeft gesmeerd. En achter haar ogen beginnen steeds harder de tranen te prikken.

Niet huilen, maant ze zichzelf toe. Niet huilen op het schoolplein.

Ze veegt met haar hand langs haar gezicht – de eerste keer kon het nog lijken alsof er gewoon een beestje in haar oog was gevlogen. De tweede keer kon het lijken alsof het beestje er niet goed uit was gekomen. Maar opnieuw vullen haar ogen zich sneller dan zij zich kan verbijten.

Ze moet zorgen dat ze van het plein komt, weg van school, weg van alle drukte.

Rechts van haar hoort ze: 'Hé, Chicka.'

Er is er maar één die 'chick', kippetje, tot een aanspreeknaam kan opwaarderen. Kyra. De laatste persoon die ze nu wil spreken.

'Hé, Chicka Isa!'

Isa kijkt opzij, vluchtig, in de hoop dat Kyra niet aan haar rode gezicht ziet dat ze op huilen staat. Kyra zit op een muurtje, met haar voeten op het zadel van haar scooter. Ze zit niks te doen, als je het Isa vraagt – ja, behalve dan Isa te storen natuurlijk.

'Wat is er, Isa, moet je huilen?'

Isa draait met haar ogen – en er rolt een traan over haar wang. Die veegt ze snel weg. Ze vouwt haar handen om haar stuur.

'Isa, wat is er?' Kyra is achter haar aan gekomen.

Isa hupt een paar keer om vaart te maken, maar Kyra pakt gewoon haar stuur vast.

'Niks dat ik jou moet vertellen.'

'Hoezo, waarom niet, wat heb *ik* ineens verkeerd gedaan?'

Isa is zo verdrietig dat het ergens, diep van binnen, wel lekker is om boos te doen tegen iemand als Kyra, die haar bovendien niet met rust laat – dus ze heeft nog een goede reden ook om zo te zijn. De tranen rollen nu in al hun dikte over haar gezicht.

'Jij, jij hebt *alles* verkeerd gedaan.'

'Ik?' Kyra legt haar beide handen verbaasd tegen haar borst.

'Ach,' doet Isa geïrriteerd, 'jij bent al jaren een trut.'

'Maar nu toch niet meer? Je kan me heus wel vertellen wat er is, hoor, vertrouw me nou maar. Isa, nu zijn we toch allebei gróót?' En grinnikend vervolgt ze: 'Wij zijn toch Kysa?'

Isa kan een glimlach ook niet onderdrukken, tot haar ergernis.

'Weet je dat nog?'

'Natuurlijk weet ik dat nog, ik weet alles nog,' roept Kyra. 'Denk je dat ik niet alleen *stoer*, maar ook *gek* geworden ben?'

Isa haalt haar schouders op, maar zegt niets.

Kyra geeft Isa een zachte elleboogstoot. 'Heeft het met gisteren te maken?'

'Gaat je niks aan,' zegt Isa al een stuk aardiger.

Maar dan herinnert ze zich hoe Kyra de situatie had kunnen redden, hoe die trut willens en wetens deed alsof haar neus bloedde, hoe het *Kyra's* schuld is dat eerst Sharissa boos werd, en daardoor later ook Fleur. Pissig bijt ze haar nicht dan ook toe: 'Het is allemaal jouw schuld.'

'Dat kan niet,' zegt Kyra. 'Kom, laten we hier even gaan zitten op het voetstuk van het beeld.'

'Nee, jij bent een valse bitch.' Het kan Isa allemaal niks meer schelen.

Kyra blijft staan en zegt scherp: 'Pardon?' Precies wat Fleur zei, vlak voordat de pleuris uitbarstte...

'Het kan me niks schelen,' zegt Isa meer tegen zichzelf dan tegen Kyra. Maar ze stopt toch met lopen. Ze kijkt Kyra aan en zegt: 'Je weet best dat je moest doen alsof jij me die ketting had gegeven.'

'Ja,' Kyra knikt trots. 'Gaat het daarom? Ik vond het juist wel cool wat er gister gebeurde. Ik dacht dat je er wel om zou kunnen lachen dat ik je zo goed te grazen nam, nadat jij me eerst had klemgezet.' Ze neemt een hap adem en imiteert Isa met een hoog stemmetje: 'Nee hoor, ik heb geen visite. Ik heb hier iemand met straf.'

Isa schiet in de lach, net als Kyra.

'Het was geweldig hoe je me wist te *dissen*. Shit, ik kon echt geen kant op.'

'Totdat Sharissa over die ketting begon.'

'Natuurlijk, en ik greep mijn kans. Zou je ook doen, toch?'

Isa knikt. Ze moet eerlijk toegeven dat ze Kyra ook zou hebben gepakt als ze had gekund...

'Nou, en nu is iedereen dus boos.'

'Arme Isaatje.'

Isa kan het niet helpen. Misschien is het omdat ze al zo eenzaam is en behoefte heeft om met iemand – wie dan ook – te praten. Misschien komt het doordat ze vroeger zo goed met Kyra overweg kon, en Kyra daardoor toch nog steeds wel vertrouwd aanvoelt, maar ze legt haar fiets op de grond en gaat bij het beeld zitten. Samen met Kyra – die haar scooter op het plein heeft laten staan.

Isa vertelt alles aan haar nicht. Hoe ze voor Sharissa heeft verzwegen dat ze vriendinnen werd met Fleur, omdat ze wist dat Sharissa jaloers zou reageren. Dat Fleur een vriendschapsketting aan haar gaf, en dat Isa er eigenlijk heel blij en vereerd mee was...

Kyra zwaait geregeld naar mensen die langsrijden op hun brommer of fiets, maar ze luistert toch. (Al heeft Isa soms het idee dat het met een half oor is, vooral als er iemand voorbijrijdt, maar dat maakt haar niks uit.)

Geregeld zegt Kyra iets als: 'Laat ze toch barsten' of: 'Wat een jaloerse trut' en: 'Je raakt ze heus niet meteen allebei kwijt'. En hoewel Isa wel weet dat het zomaar opmerkingen zijn, is het toch prettig om ze te horen.

Tot slot vertelt ze over de computer van Fleur, en dat ze kennelijk iets heeft ontdekt. Hoe Fleur had gevraagd of Isa mee naar huis zou komen, en hoe ze zonder iets te zeggen alleen is weggereden.

Kyra is nu stil. Even denkt Isa dat ze in een eigen dagdroom verzonken is, en ze vraagt zich al af of ze straks net zal doen alsof ze dat niet heeft gemerkt.

Dan vraagt Kyra ineens: 'Die Fleur van jou, die heet toch niet toevallig Wesseling van haar achternaam?'

Isa knikt. 'Fleurtje Wesseling. Ken je haar?'

'Fleurtje Wesseling?!' Kyra gooit eerst haar armen in de lucht en werpt zich daarna bovenop Isa. 'Ken jij Fleurtje Wesseling, dat is fantastisch!'

Ze staat op, sleept Isa's fiets naar de kant en zet die tegen het voetstuk van het beeld omhoog, zingt hardop, alsof ze in zichzelf spreekt, alsof ze niet in de gaten heeft dat Isa haar kan horen: 'Mijn nicht kent Fleurtje Wesseling, mijn nicht kent Fleurtje Wesseling, lalalalalaaa.'

Dan pakt ze Isa bij de hand en zegt: 'Dat is het zusje van Tijn Wesseling, haha!'

Ze trekt Isa mee naar het schoolplein en plant haar achterop de scooter. 'Eindelijk heb ik een reden om naar het huis van Tijn te mogen. Tijn is... mmm, jammie.' Ze start het ding en gooit de benzinetoevoer open. 'Jij moet nodig de ruzie met Fleur gaan uitpraten, lieve Isa, en ik ben degene die jou erheen gaat brengen, yes! Ik zeg wel tegen mijn ouders dat ik moest nablijven, of zo.'

Voor Isa weet wat er gebeurt, zijn ze al onderweg.

Met grote, angstige ogen zit Isa achterop. De wind waait door haar blonde haren, en ze houdt zich verkrampt vast aan het vest van Kyra.

Verward vraagt ze zich af of ze er wel goed aan heeft gedaan alles aan Kyra te vertellen. Maar ja, hoe kon zij nou weten dat Kyra kennelijk op Tijn jaagt? Tegelijkertijd verwijt ze zichzelf: ik had moeten weten dat Kyra zo'n leuke jongen als Tijn zou willen hebben.

Als ze het durfde, was ze van de scooter gesprongen. In plaats daarvan is ze nu op weg naar haar nieuwe vriendin die boos op haar is...

We gaan meteen

Zal je net zien dat het vandaag retedruk is op de kinder-boerderij. Zo'n mooie zonnige dag, vlak voor het week-end...

Kyra rijdt het terrein op, scheurt langs een rij moeder-fietsen met kinderzitjes, en zet haar scooter er pal voor.

'Waar zijn ze?' vraagt ze gretig.

Isa weet het niet.

In de tuin van Fleur gonst het van de kinderstemmen,het geblaat van lammetjes en het gemekker van de geiten.

'Wat had hij vandaag ook alweer aan?' vraagt Kyra, en ze
denkt diep na.

In zichzelf antwoordt Isa: ze, vandaag droeg ze een don-kerblauw vest, Sharissa zou het vreselijk hebben gevonden.

Terwijl ze ieder hun eigen Wesseling proberen te vinden,komen ze steeds een metertje verder uit elkaar.

Kyra wil naar het huis, naar de keuken, zijn slaapkamer...

'We kunnen toch wel naar binnen? Jij bent tenslotte
vrienden met ze. Nou, weet je, ik wacht anders wel bij de
deur...'

Maar Isa verwacht niet dat Fleur meteen aan haar huis-werk is gegaan, en zelfs niet achter de computer. Ze was te
boos, en inmiddels weet Isa uit ervaring dat Fleur compleet
over d'r toeren kan zijn.

Ze wil het niet aan Kyra vertellen, maar is natuurlijk toch
angstig: wat, als Fleur zich weer ergens zit te snijden? Dóór Isa? O, dat wil ze echt niet op haar geweten hebben!Waarom heeft ze dan ook niet gewoon de waarheid verteld!Stomme koe dat ze is! (Zie je, zij is zélf het koeienkind!)

Isa loopt naar de ingang van de kinderboerderij.

Fleurtjes moeder zit achter de kassa. Zou ze al weten van de ruzie? Is ze ongerust? Is ze nu óók boos op Isa?

'Gezellig dat je er weer bent, meid,' zegt ze. 'Fleurtje is binnen, ga maar gauw.'

Isa knikt opgelucht en glimlacht beleefd als ze zonder kaartje door het hek mag.

Het ziet er heel anders uit nu de kinderboerderij is geopend. Zo druk, zo lawaaiig.

Normaal zou ze het supergezellig vinden, maar vandaag stoort de drukte haar. Het is geen dag om vrolijk te zijn; ze is bezorgd en voelt zich schuldig. Als ze nooit van haar leven meer vriendinnen krijgt, is dat mooi haar eigen schuld!

Fleur zit vandaag niet bij de konijntjes met een diertje op schoot. Nee, de hokken zijn goed vergrendeld met de houten konijnenpootjes die Fleur zelf heeft bedacht – eh... *uitgevonden*. Isa voelt haar ogen prikken als ze ernaar kijkt. Ze legt haar vingers op de ketting om haar hals.

Gijs de Geit ziet alweer ergens een lekker hapje dat niet voor hem is bedoeld. Twee meisjes van een jaar of acht gillen het uit als hij maar blijft snuffelen en duwen met zijn snuit.

En dan duikt ze op, in een overall.

Isa voelt een korte schok, maar beweegt zich niet.

Met een ernstig gezicht grijpt Fleur Gijs bij zijn halsband en duwt hem tegen zijn flank weg. Mekkerend laat Gijs zich van richting veranderen.

Fleur vraagt aan de meisjes of Gijs iets heeft stukgebeten, wat gelukkig niet zo is. Dan krijgen ze een extra handje voer om aan de dieren te geven, ze mogen zelf kiezen welk. Dankjewel knikkend lopen de kinderen verder, het zijn duidelijk hartsvriendinnen, op zoek naar de gelukkige die het voer uit hun hand mag happen.

En dan ziet Fleur haar ook.

Isa wil iets zeggen, ze opent haar mond, maar welk woord moet ze kiezen?

Je kan duidelijk zien dat het lichaam van Fleur verstart. Ze staat als aan de grond genageld. Net als Isa eigenlijk. Die wordt er nóg zenuwachtiger van. Als Fleurtje óók niks zegt, hoe lang moeten ze hier dan staan?

'Fleur...' zegt ze eindelijk – maar dan draait Fleur zich om en rent weg.

'Fleur, wacht,' roept Isa.

Wat nu? Moet ze nu weer achter Fleur aan gaan rennen en vervolgens toezien hoe ze nergens even stopt om te horen wat Isa wil zeggen? Fleur zal door het hek lopen, langs haar moeder (die dan verbaasd ziet dat de nieuwe vriendinnen al ruzie hebben) en naar binnen gaan, waarbij ze de deur in Isa's gezicht dichtsmijt.

Dat ziet Isa in een flits allemaal voor zich. Ondanks de zenuwen over de afloop van deze confrontatie, ziet ze het haarscherp gebeuren. En dat moet ze echt voorkomen...

'Wacht nou even, Fleur,' roept ze nogmaals.

Ze bijt op haar tanden en loopt drie passen harder tot ze naast Fleur komt en zegt stellig: 'Fleur, ik kan niet mijn hele léven achter je aan lopen!'

Dan stopt Fleur. Isa houdt haar adem in. Fleur kijkt weer naar haar met zo'n strenge blik. Haar mondhoeken omlaag, en dan die kalme stem: 'Je hebt tegen me gelogen.'

In één ademstoot, alsof iemand haar een duw in haar rug geeft, spuwt Isa eruit: 'Dat is niet genoeg om een vriendschap te verbreken. Jij moet mij vergeven.' Geschrokken houdt ze haar hand voor haar mond. Ze vergat voorzichtige woorden te kiezen.

Oeps...

Fleur zucht, met die strenge blik op haar gezicht.

Isa's hart klopt in haar keel. Kalm, maar knalhard. Boem. Boem. Boem…

'Iedereen zal altijd ooit iets fout doen,' gaat ze verder. Ze vergeet adem te halen. Boem. Boem… 'Als jij bij elk dingetje afhaakt, hou je nooit vriendinnen over.'

Fleur doet haar handen in de zakken van haar overall. Het ziet er voor Isa uit alsof ze het in slow-motion doet. Ze beweegt… Haar armen gaan opzij… Ze gaan in de richting van haar zakken… Wat zit daarin..? Voer om in Isa's gezicht te smijten? Een krant om Isa mee om de oren te slaan?

Ze stopt de handen in de zakken… Ze laat ze daar. O, dat was alles…

Nog altijd bonst Isa's hart. 'Denk je dat andere vriendinnen nooit iets verkeerd doen? Sharissa doet de hele tijd *alles* fout en ik ook. Maar dat vinden we niet erg van elkaar, daarom kunnen we zo goed opschieten. Ik heb gelogen, ja, maar je moet mij wel een kans geven om het uit te leggen.'

Dan hoort ze de stem van Fleur – een beetje geknepen en vreemd laag. 'Je hebt gelijk,' zegt Fleur.

Ze haalt haar handen uit de zakken van haar overall. In haar hand houdt ze haar vriendschapsketting, en die doet ze om haar nek. 'Rustig maar,' sust ze. 'Je hebt gelijk.'

Plotseling voelt Isa tranen achter haar ogen prikken, en totaal onverwacht stroomt ze ineens al over.

Fleur schrikt ervan. 'Moet je huilen?'

Isa legt haar handen voor haar gezicht. 'Ik kan er niks aan doen,' hikt ze. 'Het was gewoon zo vervelend.' Ze heeft ál haar kracht gebruikt om Fleur pittig toe te spreken. Nu is er niks meer van haar over dan een slap hoopje uitputting. Het was zo pijnlijk om zóveel boosheid in Fleurs gezicht te zien, maar Isa hield zich groot. Nu het voorbij is, komt alle schrik en al haar verdriet eruit.

Onhandig klopt Fleur met haar ene hand een beetje op Isa's schouders.

'O, wat stom,' piept Isa, maar Fleur sust al: 'Welnee.' Ze legt een arm om Isa heen en zegt: 'Laten we een kopje thee drinken.'

Isa snuft van ja en loopt gedwee mee. Als je niet beter wist, zou je denken dat er niks vervelends is gebeurd en dat ze gewoon twee hartsvriendinnen zijn, zo innig lopen ze langs de konijnenhokken.

Isa is moe, zo moe. En opgelucht dat het eigenlijk al zo snel achter de rug is. Ze veegt de tranen van haar wangen en probeert haar ademhaling kalm te krijgen.

'Het spijt me dat ik heb gelogen,' zegt ze, nog nasnikkend.

Fleur knikt. 'Het spijt mij dat ik niet naar je heb geluisterd. Je hebt gelijk, ik moet eens leren dat niet alles perfect kan zijn.'

En dan, als ze door het hek naar de boerderij willen lopen, staat daar Sharissa met Damian en Davina. Aan de kassa.

'Zijn jullie met zijn drieën?' vraagt de moeder van Fleur vriendelijk.

Zo plotseling als de tranen net opkwamen, zo snel is Isa nu in totale staat van paniek. Sharissaishierterwijlikmetdearm vanFleurommeheensta. Ze hapt naar adem en gaat opnieuw koppie onder: SharissaishierterwijlikmetdearmvanFleurommeheensta!

Sharissa's huid wordt asgrauw, haar ogen spuwen vuur.

'Isááá!' juichen Damian en Davina.

Maar Sharissa houdt de tweeling tegen. 'Nee!' zegt ze scherp – zowel tegen de tweeling, tegen Isa als tegen de moeder van Fleur. Ze kijkt met afschuw in haar ogen naar Fleur. Ze ziet de overall, ze kijkt naar Isa en brult als een boze leeuw: 'Het koeienkind!'

Ze duwt Damian en Davina naar achteren en snauwt: 'We gaan.'

'Niet gaan,' zegt Isa.

Maar Sharissa draait zich al om. Voor de derde keer vandaag moet Isa achter een vriendin aan.

O, nachtmerrie!

'Sharissa, Sharissa, niet weggaan!' smeekt Isa.

Het is precies wat ze gisteren had moeten doen, toen Sharissa bij haar thuis de gang uitstormde, maar wat ze toen niet durfde. En als Fleur niet zo goed op haar had gereageerd, had ze het waarschijnlijk nog steeds niet gedurfd. Maar nu roept ze Sharissa na en pakt haar zelfs bij de arm – dát had ze beter niet kunnen doen...

Sharissa reageert op Isa's hand als op een wespensteek. Ze draait zich om, zo snel en zo boos... Bijna plast Isa in haar broek van schrik. Het moet niet gekker worden, denkt ze met een bonkend hart.

Sharissa opent haar mond en alweer beleeft Isa het alsof dat in slow-motion gebeurt. Maar het geluid dat uit Sharissa komt klinkt niet laag en vertraagd zoals bij Fleur, nee, het lijkt eerder dubbel luid te klinken. Sharissa's stem slaat over als ze krijst: 'NIET WEGGAAN? NIET WEGGAAN?! EN DAN?! TOEKIJKEN HOE *MIJN* VRIENDIN WORDT GESTOLEN DOOR EEN KOEIENKIND?!'

Ohelp, ohelp... gaan Isa's gedachten in paniek. Nu gaat het gebeuren. Waar ze al die jaren bang voor is geweest, waar ze nachtmerries over heeft gehad bij de gedachte dat het háár zou overkomen: Sharissa gaat uit haar plaat.

'Isa Jonas, vuile trut. Hoe lang zit je al tegen mij te liegen. Is het al weken, of maanden – zeg dan, stomme doos! Ik doe altijd alles voor je en jij staat gewoon te liegen? Vind je dat normaal of zo?!'

Tijn en Delano stormen uit het huis om te zien wat er in vredesnaam gebeurt. Van schrik vergeet Kyra zelfs om hun aandacht te trekken.

Over de hekken van de kinderboerderij staan kinderen te kijken naar het gekrijs voor het huis van de familie Wesseling. De tweeling is bij Kyra gaan staan, ze hebben haar wel eens gezien op verjaardagen bij Isa thuis.

Intussen is Isa's hoofd in alle staten: ditishet, nubenik aandebeurt. Gaatzemeslaan? Ohelp, krijgikeenklap?

Sharissa hapt naar adem...

'Al die tijd zeg je mij dat dat koeienkind je niks kan schelen. En wat doe je dan hier!'

Het valt niet mee om de verbale klappen op te vangen, de boosheid die Sharissa over haar heen stort. Het is dat het er belachelijk uit zou zien, maar het liefst zou Isa haar armen om haar hoofd leggen, ter bescherming.

'Je zei dat je alleen maar met haar omging omdat de repetitieweek eraan kwam, je zei–'

Laathaarstoppenlaathaarstoppen, denkt Isa. Straks wordt Flóór weer boos, en dan heeft ze twéé vriendinnen aan het schreeuwen.

Fleur heeft – ja, verdorie – haar wenkbrauwen opgetrokken en komt dichterbij. 'Wat zei ze over mij?'

Ditgaathelemaalverkeerd, houopSharissahoujegemenemond.

'Je zei dat je alleen maar met haar omging omdat ze goed kan leren.'

En net als de hele wereld uiteen lijkt te gaan vallen, hoort Isa luid en duidelijk in haar rechteroor: 'Isra gaat los!'

Als in een reflex roept ze: 'Zo is het genoeg, Sharissa, trut, stop!'

De ruzie

De stilte die bij het huis valt, is intens. Sharissa knippert met haar ogen. Isa hijgt na haar plotselinge uitroep. Kyra stapt op de jongens af en fluistert: 'Hallo, ik ben Kyra, het knappe nichtje van Isa.' Ze lacht bevallig om haar eigen grapje. 'Misschien kennen jullie me wel van school, ik ben hier om mijn nichtje te helpen.' Omdat de jongens geen aandacht aan haar besteden, gaat ze al snel weer zitten.

Fleur neemt Damian en Davina bij de hand. 'We gaan konijntjes aaien.'

Als ze langs Sharissa en Isa lopen, zegt Fleur precies zo hard dat Sharissa haar wel hoort maar dat het lijkt alsof het niet de bedoeling is: 'Weten jullie wat ik vandaag heb geleerd? Dat je elkaar moet vergeven. Daarom stuur ik jullie zus niet van MIJN terrein af, maar bedenk ik me dat zíj gefrustreerd is en het daarom kennelijk nodig heeft om mij een koeienkind te noemen.'

Sharissa móét het hebben gehoord, maar ze reageert er niet op. Ze kijkt alleen maar Isa indringend aan, alsof ze wacht op een startschot, klaar om aan te vallen. Ze zegt op dreigende toon: 'Jij hebt niet zo tegen mij te praten.'

Voor het eerst dreigt Isa vandaag terug: 'En jij moet mij niet uitschelden.'

Pfft, het moet niet lang meer duren, want Isa houdt het bijna niet. Het knikken van haar knieën was haar niet opgevallen, maar het moet al een tijdje bezig zijn, want ze voelt ineens hoe slap haar benen ervan zijn geworden.

'Je hebt gelogen,' zegt Sharissa.

'Omdat jij jaloers was.'

'Ik jaloers?! Ha, dat mocht je willen!' Sharissa zet haar

handen in haar zij. 'Op wie moet ik jaloers zijn, op jou zeker, zo'n krielkip.'

Isa deinst een stukje achteruit. Geschrokken – maar ook beledigd – valt haar mond open. Ze vraagt: 'Waarom begin je nu alweer tegen me te schelden, Sharissa? Dat is toch niet nodig?'

Weet Sharissa geen antwoord op deze eerlijke vraag of lijkt dat maar zo? Ze draait zich om, nog altijd met die handen op haar heupen. En begint te lopen, met haar billen zwaaiend van links, rechts, links en naar rechts.

'Ga je nu weg?' vraagt Isa.

'Mmm,' doet Sharissa hooghartig.

'Omdat ik een vriendin heb gevonden op school? Is dat voor jou een reden om onze vriendschap kapot te maken?'

'Mmm,' doet Sharissa – alsof het haar niks kan schelen wat Isa zegt.

'Ga maar,' zegt die. 'Dan zijn we geen vrienden meer.'

'Damian! Davina! Hier!' roept Sharissa.

'Oké,' zegt Isa. 'Als jij mij geen nieuwe schoolvriendin gunt, ben je zelf nooit een echte vriendin geweest.'

'Opschieten!' gilt Sharissa naar de tweeling – alsof ze Isa niet hoort, alsof Isa nooit heeft *bestaan*.

Hoewel Isa aan de ene kant verlamd wordt door de hoeveelheid botte boosheid, voelt ze aan de andere kant toch hoe ze het eens is met zichzelf. Ze wéét dat ze het goed wilde doen, ook al is het een beetje erg mislukt. Maar ze is niet gemeen, ze wilde niemand kwetsen – en ze is heus bereid om te beloven dat ze het voortaan anders zal doen. Dat Sharissa haar goede bedoelingen niet wil zien, maakt alleen maar dat ze nog méér voor zichzelf wil opkomen.

Damian en Davina komen aangerend, Fleur loopt een paar meter achter hen.

'We willen blijven, we mogen de geiten eten geven van die mevrouw.'

'Nee. We gaan,' zegt Sharissa beslist.

'Nééhee!' zeuren de kinderen – en dat kan Sharissa niet hebben. Met een scherpe tik – 'Hou op!' – geeft ze Davina een draai om haar oren. Die zet het meteen op een krijsen: 'Auwauwauw...!'

'Je mag ons niet slaan,' zegt Damian boos.

'Waarom laat je ze niet naar de geitjes gaan?' vraagt Isa. 'Daar zijn jullie toch voor gekomen?'

'Bemoei je er niet mee.'

'Auwauhauw...!'

Isa bekijkt Damian die boos is, Davina die moet huilen en Sharissa die gestresst is.

'Alleen maar omdat ik er een vriendin bij heb,' zegt ze. 'Is dat dan zó erg?'

'Ja!' Sharissa bijt op haar kiezen; je kunt zien dat haar kaken op slot gaan.

'Doe niet zo raar.'

'Ja!'

Sharissa wil alweer weglopen, maar Isa grijpt haar bij haar mouw. Stevig, dit keer, Sharissa moet haar wel aankijken.

Isa roept haar toe, zo geëmotioneerd dat haar stem ervan overslaat: 'Wat is er nou zo erg aan dat ik een nieuwe vriendin heb?!' Tranen rollen over haar wangen, ze kan er niks aan doen.

'Omdat...' Sharissa trekt zich los. Ze roept in Isa's gezicht, ze kijkt haar boos aan. 'Omdat ík verder *niemand* heb!' Haar ogen vullen zich met dikke, dikke tranen. Isa weet niet wat ze ziet; ze heeft Sharissa nog nooit zien instorten.

Ze weet niet waarom ze schrikt – misschien van de eerlijkheid, misschien van de onverwachte boodschap, maar ze doet een pasje achteruit om niet te vallen.

'Niet waar.'

'Wél waar! Ik heb niemand anders dan jou!'

Een druppel waterige snot danst in Sharissa's neusgat. Ze veegt haar neus af met haar mouw, dan ook haar ogen, en ze zegt: 'Verdomme' voordat ze haar tranen laat lopen...

Isa stapt zonder aarzeling naar Sharissa toe en omhelst | 109
haar. Sharissa legt haar hoofd in Isa's hals en huilt hardop.

'Gekkie,' sust Isa.

'Het is toch zeker zo!'

'Jij bent *altijd* met mensen.'

'Maar dat zijn toch geen vriendinnen!' Sharissa ademt met een snik in haar keel.

'Gaat het?' vraagt Isa lief.

Sharissa veegt voor de zoveelste keer met haar mouw langs haar neus. 'Je had niet mogen liegen.'

'Dat is zo en daar heb ik ook sorry voor gezegd.'

Sharissa zwijgt. Ze staart voor zich uit, in de richting van de kinderboerderij waar de tweeling gratis naar binnen mocht. Kyra is uiteindelijk ook maar met ze mee gelopen. Vanuit de verte lijkt het erop dat Fleur, Kyra en de tweeling met zijn vieren dikke pret hebben.

Isa gaat verder: 'Dus je wilde écht dat ik niet meer vriendinnen heb dan alleen maar jou.'

Bijna onzichtbaar haalt Sharissa haar schouder op. 'Ik heb toch *ook* alleen maar jou?'

'Hoeft niet hoor, van mij.' Isa zegt het zoals je zachtjes tegen een poesje praat.

Sharissa kijkt niet meer boos. Eerder is haar gezicht nu sip. Isa zegt: 'Ik kan toch niet mijn hele leven alleen maar met jou omgaan?'

'Waarom niet?'

Isa kan er niks aan doen dat ze moet lachen. 'Gewoon.'

Sharissa laat haar armen hangen. Ze kijkt naar Fleur die met Kyra en de tweeling alweer hun kant op loopt.

'Wat moet ik zonder jou, Isa, zonder jou ben ik helemaal alleen.'

'Maar *ik* was altijd alleen, jij niet, *jij* bent altijd omringd door mensen!' Ze begrijpt nog steeds niet goed hoe het zo anders kan zijn dan ze steeds dacht.

Sharissa schudt haar hoofd. Ze zucht. 'Altijd mensen om voor te zorgen of andere verplichtingen. Jij bent de enige met wie ik dingen doe omdat ze gewoon *leuk* zijn.'

Nu geeft Isa haar een zoen op haar zachte wang. 'Dan moet je dus al helemáál geen ruziemaken, gekkie.'

Ze gaan zitten op de houten bank die tegen Fleurtjes huis staat. Ze glimlachen naar de anderen, die al vlakbij zijn.

'Is het weer goed?' vraagt Fleur een beetje plompverloren.

Sharissa steekt een vinger in de lucht. 'Eén ding. Ik blijf altijd Isa's allerbeste vriendin.'

Isa glimlacht. 'Jij bent in ieder geval voor altijd mijn alleréérste vriendin.'

'En laat ik niet merken dat jij Isa verdriet doet,' zegt Sharissa tegen Fleur. 'Want Isa is zó.'

Met een ingehouden lach kijkt Isa naar die duimen. 'Hóé ben ik?'

Sharissa beseft weer hoe knullig ze er bij zit, zo, met die duimen omhoog, en giechelt. 'Gewoon, zo, helemaal top, haha.'

Kyra mengt zich in het gesprek door ook haar duimen op te steken en te zeggen: 'En Fleurtjes broer is ook zó.'

'Nee,' lacht Fleur. 'Mijn broer is zó.' Ze steekt haar pink in de lucht en knipoogt naar Sharissa. 'Ja toch?'

Maar Sharissa kijkt geschrokken naar Isa. Ze stompt tegen haar bovenarm – au! – en zegt: 'Heb jij ónze gebaren aan haar verteld?'

Isa knikt. 'Zij hoort er vanaf nu ook bij.'

'Echt waar?' Fleur legt vereerd haar hand tegen haar borst.

Sharissa zucht diep en maakt een gebaar dat ze het ook niet meer weet.

'Wat?' vraagt Kyra. 'Welke gebaren hebben jullie?'

'Zij mag het niet weten!' roept Sharissa, het is een bevel en een vraag tegelijk.

'Nou zeg,' puft Kyra beledigd.

Op de eerste verdieping hangt Tijn met zijn hoofd uit het raam.

'Fleur!' roept hij. 'Zullen we nu onze uitvinding showen?'

Fleurtje klapt in haar handen. 'Wil je het zien?' Ze kijkt Isa aan, maar Kyra roept al 'Leuk!' omhoog, naar Tijn.

Gearmd met Sharissa loopt Isa achter Fleur aan naar binnen. De tweeling mag bij de konijntjes blijven op de kinderboerderij, waar Fleurs moeder wel een oogje in het zeil houdt.

Opgelucht is Isa, en tevreden dat ze nu met z'n allen zijn. Zij, het meisje dat zo moeilijk vrienden maakt, loopt ineens met meerdere meiden. Als je niet beter wist, zou je denken dat het een hecht vriendinnengroepje was!

Met zijn vieren zitten ze aan de keukentafel, rondom de computer van de familie Wesseling. Fleur zit achter het toetsenbord en tikt van alles in op de balk waar je normaal gesproken een internetadres moet opgeven.

Dan komt ze half overeind – energiek, je kan merken dat ze gespannen is – en schreeuwt: 'Tijn! Delano! Zijn jullie er klaar voor?'

Door het plafond klinkt een doffe, maar duidelijk mannelijke klank: 'Yo! Is goed!'

Kyra kan het niet helpen dat ze begint te giechelen van opwinding.

Op het scherm verschijnt een leeg blad. Het is roze. Fleur begint te typen, en als vanzelf springt haar naam ervoor, zo:

FlowerFleur:

Fleurtje tikt lekker door, de letters zijn aquablauw:

Tijn, wist je dat de meiden jou wel een pinkie vinden?

Kyra legt giechelend haar hand voor haar mond. 'Nee joh! Dat moet je niet schrijven.'

En Sharissa zegt, ook geschrokken: 'Niet vertellen van onze gebaren! Haal weg!'

Maar Fleur zegt: 'Hij heeft het al gezien, kijk maar.'

De meiden kunnen meelezen wat Tijn schrijft:

Tijnisfijn:

Pinkie?! Nee man, ik ben een Dikke Duim – DD!

En meteen erachteraan verschijnt:

Delano'sDay:

Dikke Duim? Dikke Duim?! Je bedoelt: Dikke Deur! (auw, hij slaat me…)

Tijnisfijn:
Hij heeft het verdiend
Delano'sDay:
Help me, Fleur!

Fleurtje kijkt de meiden een voor een aan. Met een glim-
mende, trotse uitdrukking die zowat van haar wangen
afdruipt. Ze zegt, alsof ze een presentatrice op televisie is:
'Ik presenteer jullie Chatgirls. Oftewel...'
En ze typt:
FlowerFleur:
Ch@tgrlz
Delano'sDay:
Ch@tgrlz? Wat is dat?!
FlowerFleur:
Haha, dat jullie voortaan niet meer mee mogen doen! Het is
voor ons, de grlz!
Kyra kijkt haar beteuterd aan. 'Mogen de jongens niet
meedoen?'
Fleurtje schudt haar hoofd met een brede glimlach.
Tijnisfijn:
Whoeoe, wij willen er ook bij!
Delano'sDay:
Nee joh, het wordt een wijvensite.
Tijnisfijn:
Dat kan ze toch niet maken?
Delano'sDay:
Wel als het haar eigen uitvinding is.
FlowerFleur:
Niet treuren, jongens, als jullie het netjes vragen, mogen jullie
soms ook nog wel erbij.
Tijnisfijn:
Op een meidensite? Echt niet!
Delano'sDay:

Ik wel hoor, Fleurtje, ik doe wel mee als jij het wilt.
Tijnisfijn:
Slijmbal

Fleur glimlacht. 'Je kan wel zien dat ik hard vriendinnen nodig heb om mee te chatkletsen. Want met die jongens...'

Sharissa vraagt: 'Kan er verder niemand op?'

Zo mogelijk wordt Fleurs trotse lach nóg breder als ze haar hoofd schudt. 'Het is helemaal alleen van mij. Niemand weet ervan.'

Boven klinkt de doffe dreun van stoeiende, omvallende jongens.

Fleurtje trekt haar schouders op. 'Behalve dan een broer en zijn vriend die te pas en te onpas in gevechten uitbarsten. Maar ze waren nodig om te helpen Ch@tgrlz te maken.'

Kyra giechelt om het lawaai van de jongens, en Isa kijkt tevreden van Sharissa naar Fleur en weer terug.

Sharissa zit Fleur nog altijd ongelovig aan te staren en vraagt: 'Als we hierop gaan chatten, wil dan binnenkort de hele klas je adres, of kan dat niet?'

Fleur antwoordt: 'Het kan wel, behalve...' Ze kijkt de andere meiden een voor een aan. 'Behalve als wij elkaar beloven dat dit onze geheime ontmoetingsplaats is.'

Kyra veert op: 'Bedoel je zoals een boomhut?'

Isa schiet in de lach omdat de stoere Kyra ineens zo'n kinderlijke vergelijking maakt.

'Een boomhut is voor kinderen, muts,' zegt Sharissa. 'Dit is voor PowerGirls. Maar dat maakt niet uit, want jij mag toch niet meedoen.'

'Hoezo mag ik niet meedoen!'

'Omdat je een snollie bent, daarom niet!' Sharissa brengt haar gezicht dreigend dicht bij dat van Kyra.

Fleur schudt haar hoofd. 'Geen ruziemaken in mijn huis.'

Sharissa kijkt Kyra onverminderd boos aan en zegt: 'Met haar erbij heb je altijd ruzie.'

'Helemaal niet.' Kyra's ogen worden donker als een naderende onweersbui.

'Nou.' Isa kucht. 'Je moet toegeven, Kyra, dat je best vaak problemen maakt.'

Kyra draait haar hoofd een kwart slag en kijkt Isa indringend aan. Isa schrikt ervan en vraagt zich af: Was *ik* degene die zich zojuist in het gesprek mengde?!

'Als Sharissa aardig moet doen tegen Fleur, kan ze dat tegen mij ook zijn. Ik wil er ook bij. Ik heb huisarrest en geen van mijn vrienden komt ooit bij mij thuis langs. Ik ben alleen. Ik wil er ook bij.'

Sharissa puft: 'Daar had je aan moeten denken toen je ons ineens baby's begon te vinden.'

Kyra lacht hooghartig. 'Sinds jullie vriendinnen zijn, hebben jullie mij eruit gewerkt.'

'Echt niet!' Isa kan haar oren niet geloven. 'Jij hebt *míj* in de steek gelaten.'

'Is het nu ineens *mijn* schuld? Toen jij Sharissa leerde kennen, wilden jullie alleen nog maar met zijn tweetjes zijn.' Kyra schudt haar geblondeerde haren en zegt: 'Ik vond het gewoon stom.'

Fleur klapt met haar handen op tafel. Het is zo'n onverwacht geluid, dat iedereen ervan opschrikt.

'Nu is het genoeg,' zegt ze. 'Kyra, als jij mee wilt doen, mag dat van mij.'

'Maar–' wil Sharissa protesteren, maar Fleur onderbreekt haar door te zeggen: 'Als ik Isa moet vergeven dat ze tegen mij heeft gelogen, en jij moet accepteren dat ik nu ook een vriendin ben van Isa, dan moeten jullie Kyra vergeven dat ze vroeger misschien onaardig is geweest. Ze voelt zich alleen en ze heeft onze site gezien, dus mag ze erbij. En bovendien: ik vind haar aardig.'

De meiden zijn te verbaasd om nog iets te zeggen. Maar Fleurtje voelt zich kennelijk wel op haar gemak nu ze het woord voert. Ze vraagt aan Kyra: 'Maar dan moet je het wel geheim houden.'

Verbluft begint Kyra te knikken. 'Oké.'

Isa kan niet helpen dat ze glimlacht en Sharissa laat haar schouders hangen.

Fleur noteert op een blaadje. 'We hebben mij, Fleur, en Isa, Sharissa en Kyra. Flisshky. Die ene s kan er wel uit. Meiden, ons wachtwoord wordt: Flishky.'

'Flitsend,' knikt Kyra.

Sharissa zegt: 'Het is dat het geheim is. Daarom wil ik wel meedoen, ook al mag Kyra erbij.'

Fleur kijkt haar direct streng aan. 'Je kan er nu nog uitstappen, dan maken we een nieuw wachtwoord. Maar als je meedoet, wil ik geen ruzie meer.'

Isa trekt haar wenkbrauwen op. Die Fleur, ze wordt er vrolijk van! Als ze Fleur op de basisschool had gekend, waren Kyra en zij misschien nooit zo ver uit elkaar gegroeid. Want ja, wie zegt dat Kyra geen gelijk heeft? Tenslotte wilde Sharissa ook niet dat zij vriendinnen werd met Fleur. Misschien had ze het vroeger minder in de gaten en heeft ze zich inderdaad van Kyra laten afpakken, wie weet... Maar dat doet er niet meer toe. Wat geweest is, is geweest.

Vanaf nu zijn ze een vriendengroep. Een clubje met een eigen, geheime chatplaats.

Fleur pakt een blad uit haar schrijfblok. Ze vouwt het twee keer doormidden en scheurt het in vieren. Ze buigt zich erover en begint te schrijven. 'Dit moeten jullie intoetsen en dit is het adres...'

Dan nemen de meiden afscheid van elkaar. Het is tijd dat Kyra Isa terugbrengt naar haar fiets, en Sharissa moet zorgen dat de tweeling avondeten krijgt.

Ch@tgrlz

Die avond ligt er een opgeluchte *smile* op het gezicht van | 117
Isa. Tevreden zit ze op haar kamertje achter de computer.
Ze was zo bang iedereen kwijt te raken. Sharissa, toen
Fleur, en Kyra dacht ze al lang geleden te hebben verloren.
Maar kijk nu eens, iedereen is er.

Isaiszó:
G0eden@vond allemaal, wat heerlljk 0m jullie elndelljk tegelljk
te kunnen spreken!
FlowerFleur:
Welkom bij ch@tgrlz!
Sharissademooiste:
Knp van je, Flr, het wrkt!
FlowerFleur:
Geen ruzie meer maken hoor, want daar kan ik niet tegen.
Isaiszó:
Precles, mijn Idee, h@h@!
Kyyyyraaaa:
Weet je ZeKeR dat NiEmAnD kan MeEkljKeN? Ook TiJn en
DeLaNo niet?
FlowerFleur:
Helemaal niemand. Ch@tgrlz is van ONS!
Kyyyyraaaa:
JaMMer... ;-)
Sharissademooie:
Jst fijn! Nu knnen we geheimn dlen. Wie begnt?
Kyyyyraaaa:
Ik wil wel zeggen wat een LeKkEr DiNg die BrOeR van je is?
Die ogen, die mond, ZuChT...

FlowerFleur:
Wat vinden jullie van Delano?
Isaiszó:
Die is verliefd op Fleur!
Sharissademooie:

Echt wr? Wauw, geluksvgl!
Kyyyyraaaa:
JalOeRs...
FlowerFleur:
Haha, hij heeft geprobeerd me te zoenen.
Isaiszó:
Echt waar?
Sharissademooie:
Zg je dt nu ps! (denkbldige stomp tgn je arm)
Isaiszó:
Au, h@h@!
Kyyyyraaaa:
VeRtEl!
FlowerFleur:
Toen we eindelijk contact hadden gekregen met de computers, was ik alleen met Delano omdat Tijn boven zat te typen. We sprongen op van blijdschap. Toen keek hij me aan, heel serieus ineens. Ik kreeg er de zenuwen van.
Kyyyyraaaa:
Zucht...
Sharissademooie:
Sht, laat hr nou!
FlowerFleur:
Hij gaf me wel vaker een kus, maar nu waren zijn lippen uit elkaar.
Isaiszó:
Aaarghh!
FlowerFleur:
Haha, ik kan niet geloven dat ik dit allemaal vertel!

Kyyyyraaaa:
Ga DoOr, gA dOoR!
FlowerFleur:
Ik schrok en toen is hij maar weggegaan.
Kyyyyraaaa:
Ik zAl Je WeL lErEn Wat jE dE vOlGeNdE KeEr MoEt DoEn!

In haar kamertje, met alleen een lampje aan bij haar computer, barst Isa zowat uit elkaar van geluk. Ch@tgrlz is fantastisch!
Even twijfelt ze. En knabbelt op haar nagel. Dan giechelt ze en schrijft:

Isaiszó:
Ik ben 00k verliefd...
Sharissademooie:
Op wie!
Kyyyyraaaa:
GeWeLdIg!
Isaiszó:
Hij hEEt geloof ik Juli@n. (Zucht...) Hij werkt in de superm@rkt. Hij is de perfecte Orl@nd0.
Kyyyyraaaa:
De SuPeRmArKt? DaAr HeEfT m'n Pa VoOr MiJ EeN bAaNtJe GeReGeLd. VoOr StRaf.
Sharissademooie:
De prfcte Orlndo – die is gd!
FlowerFleur:
Mooi, dan kan jij Isa wel helpen, Kyra!
Kyyyyraaaa:
ZaL iK dAt DoEn? WiL jE Dat? Ik ZoRg WeL dAt Je VeRkErInG kRiJgT. LeT mAaR oP!
Isaiszó:
Bl00s...

120 |

FOTO: Silvester Zwaneveld

Ja, Isa is verliefd, en hóé! In haar twee-de boek *Isa vraagt verkering* zal ze haar Julian een officieel aanzoek doen...

Met Isa komt het wel goed, denk ik. Ze is een leuke meid, zoals de meeste tienermeiden. Met humor, goeie zin, leuke vriendinnen, en intelligent. Maar óók met haar eigen angsten (nie-mand wil me), onzekerheden (ik ben lelijk) en haar eigen fouten – zoals de leugentjes, die steeds groter en erger worden, zodat ze van zichzelf denkt: dit komt nóóit meer goed.

In de boeken leer je haar door en door kennen. En ik hoop dat je nu al, net als Sharissa, Fleur en Kyra, óók een vrien-din van Isa bent geworden! Maar er zijn sommige gebeur-tenissen in haar leven... die zijn té erg, nee, te *gênant* om op te schrijven. Zoals die keer dat Isa – nee, wacht, dat kan ik haar als schrijver niet aandoen...

Laat ik dit voorstellen: de lezers die vriendinnen van Isa zijn geworden, mogen haar geheimpje weten. Ze zou dit normaal alleen opbiechten op zo'n moment waarbij je el-kaar de stomste dingen over jezelf vertelt. Leuke en minder leuke...

Als je achter de computer gaat zitten en surft naar www.chatgrlz.nl, ga dan naar 'Isa's geheim'. Voordat je hier verder mag, vraagt de computer een code aan je, en die is: Isadlı.

Maarre... niet verder vertellen, hoor!

Nanda Roep